FENIMORE COOPER
CROISIÈRE MOUVEMENTÉE
TOME SECOND
20 CENTIMES
Algérie, Colonies et Étranger : 25 Centimes (Port en plus)
Collection A.-L. GUYOT
51, rue Monsieur-le-Prince. — PARIS

242

CROISIÈRE MOUVEMENTÉE

FENIMORE COOPER

CROISIÈRE MOUVEMENTÉE

DEUXIÈME PARTIE

A bord de l' "Alerte"

PARIS
Collection A.-L. GUYOT
51, rue Monsieur-le-Prince, 51

CROISIÈRE MOUVEMENTÉE

A bord de l' "Alerte"

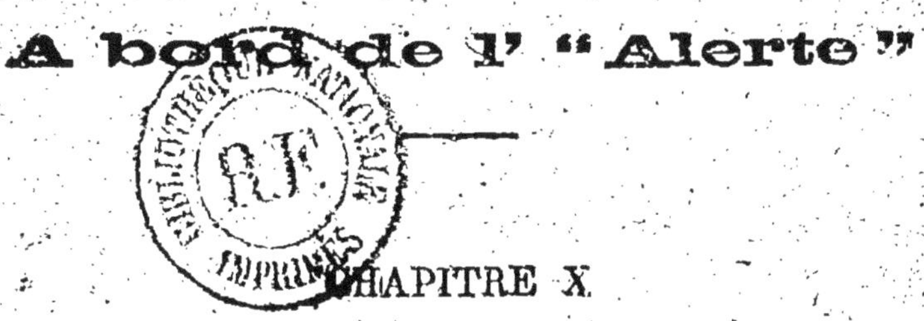

CHAPITRE X

LE PILOTE COMMANDE ET SE FAIT OBÉIR

— Bas les armes ! s'écria le pilote. Américains, retenez vos coups ! Qu'un sang inutile ne soit point versé et vous, soldats Anglais, rendez-vous au pouvoir des treize républiques !

— Oh ! Oh ! fit Borroughcliffe, armant un de ses pistolets, les choses se compliquent, parait-il, supposez-vous donc, camarade, qu'avec votre déguisement de carnaval, votre présence suffise à changer ainsi la face des choses. Bas les armes vous-mêmes, l'ami, ou, au signal que je vais donner en lâcher la détente, votre corps servira de cible à vingt mousquets

— Et cent autres vous répondront ! repartit le pilote. Entrez, continua-t-il en se tournant vers la porte de la galerie, entrez et que ces hommes voient quelles sont nos forces et quelle est leur faiblesse.

Le sifflet d'un contre-maître s'entendit, et une foule nombreuse fit irruption, emplissant la chambre et le couloir, et des acclamations furieuses s'élevèrent de cette masse d'hommes dont les armes brillaient, et d'autres acclamations leur répondaient de la cour, le bâtiment n'étant pas assez vaste pour contenir tout le monde.

Reconnaissant ses soldats de marine, le capitaine Manuel se dirigea vers eux, les rassembla en ordre et fit, à son tour, garder toutes les issues.

Le colonel Howard crut devoir alors continuer les pourparlers engagés. Il était le maître du logis et c'était comme tel qu'il voulait parler à ceux qui l'envahissaient.

— Monsieur ! s'écria-t-il, s'adressant au pilote, puisque c'est vous qui semblez être le maître ici, dites-moi : qui êtes-vous, que voulez-vous ?

— La liberté de ces messieurs que j'avais conduit dans le danger et que c'était mon devoir de sauver. Mon rôle cesse maintenant et c'est à Monsieur Griffith, qui est le seul chef, c'est à lui que vous devez vous adresser.

— Pourquoi, continua le colonel, s'adressant à Griffith ,pourquoi envahir ma demeure ? De quel droit agissez-vous ainsi... ?

— Du droit de la guerre, monsieur. Mais je ne veux point aigrir cette discussion. Nous ne sommes point des flibustiers. Quand nous aurons réuni nos forces et que nous nous serons assurés de nos prisonniers, votre autorité incontestable et incontestée sur ce logis et ceux qui l'habitent vous sera rendue. Capitaine Manuel, emmenez les captifs et veuillez préparer le retour à nos barques. Vous, piques d'abordage, sortez !

Cet ordre fut immédiatement exécuté et il ne resta dans la chambre que les officiers des deux partis et la famille du colonel.

Barnstable crut le moment favorable d'intervenir.

— Monsieur Griffith, dit-il, ne conviendrait-il point de faire les préparatifs convenables pour recevoir ces dames à notre bord et voulez-vous m'autoriser à me charger de ce soin.

Un mouvement général de surprise se produisit.

— Quoi ! s'écria le colonel, ma demeure, mes biens, mes pupilles ! Mais, que me laisserez-vous donc, M. Griffith.

— Colonel Howard, aucune violence, je vous le répète, ne sera commise. Mais, si quelques-unes de ces dames consentaient à se confier à nos soins, il me paraît superflu d'ajouter qu'elles peuvent compter sur tous les égards qui leur sont dus.

— Dépêchons-nous, ajouta Barnstable. Voilà Merry qui ne demanderait pas mieux que d'aider ses parentes à faire leurs malles.

— Certes, fit Merry, et c'est un rôle que je remplirai avec plus de conviction et de joie, que celui de colporteur. Venez-vous, mes cousines ?

— Retirez-vous, Merry, répondit miss Howard en l'écartant légèrement de la main. Mon oncle, continua-t-elle, j'ignore quels peuvent être les engagements qui ont pu être pris entre miss Plowden et M. Barnstable, mais, quant à moi, je puis vous certifier que je ne comprends absolument rien à tout ce qui se passe et que je ne consentirai jamais à vous quitter. Quant à vous, Edouard Griffith, je n'ose soupçonner que vous ayez pu croire un seul instant à un pareil abandon de ma part.

— Il doit y avoir ici, fit Barnstable, quelque malentendu que vous seul pouvez éclaircir, M. Griffith. Voyons, expliquez-vous. Il suffirait d'un mot pour s'entendre.

— Hâtez le départ, Barnstable, et qu'on se mette de suite en marche pour gagner la côte.

— Et nos concitoyennes, monsieur ?

— Elles seules ont le droit de se prononcer.

— Alors, suivez-moi, miss Plowden.

— Puissiez-vous trouver en elle, monsieur, autant de soumission comme épouse qu'elle en a montré comme pupille et comme sujette, prononça d'un ton railleur le colonel.

— Mais, s'éloignant de Barnstable qui, déjà lui avait saisi la main, pâle, l'air fier, Catherine s'écria :

— Si mon tuteur est las de ma présence, la

fille de John Plowden peut trouver encore d'autre refuge que celui d'un vaisseau.

Et, toute en larmes, elle alla se jeter dans les bras de sa cousine.

Barnstable semblait comme frappé de stupeur. Il portait ses regards tour à tour sur chacune des personnes qui se trouvaient là, mais tous, attentifs à ce qui se passait, gardaient le silence, sauf le capitaine Borroughcliffe sur les lèvres duquel se dessinait un sourire moqueur.

— Trouvez-vous donc quelque chose de particulièrement plaisant en ce qui se passe ici, monsieur ? lui demanda-t-il de son air le plus provocant, et avec une voix qui tremblait de colère.

— Je pense à la fragilité des choses d'ici-bas, monsieur, répondit Borroughcliffe en conservant le plus grand calme. Je croyais surprendre, j'ai été surpris, mais il m'est agréable de comparer ce que je vois et ce que j'entends avec tout ce que j'ai vu et entendu il y a quelques heures à peine.

Catherine rougit. Elle comprit ce à quoi le capitaine faisait allusion. C'était lui qu'elle avait entendu quand elle revenait de son rendez-vous. Il avait dû surprendre toute sa conversation avec Barnstable, et cette conversation — elle le savait mieux que personne — n'avait pas uniquement roulé sur les mesures à prendre pour s'emparer de l'abbaye. De bien tendres serments avaient été échangés, mais alors, elle croyait bien que Cécile imiterait sa détermination.

Mais, dédaigneux de l'allusion du capitaine Anglais, dépité du refus que lui opposait sa maîtresse, Barnstable ne sut plus se modérer.

— Monsieur Griffith, permettez-moi de vous rappeler que nos instructions sont de nous emparer de tous les ennemis de l'Amérique, partout où nous les trouverons, et que les femmes n'ont jamais été exemptées de ces mesures.

— Bravo ! s'écria Borroughcliffe. De gré ou de force ! Elle est belle votre galanterie.

— Si vous n'étiez captif, vous me rendriez sur-le-champ raison de ces paroles, monsieur ! Voyons, monsieur Griffith, songez aux ordres que nous avons reçus.

— Faites ce que je vous ai dit, monsieur Barnstable !

— Mais les ordres du capitaine Munson, notre supérieur à tous deux, monsieur... !

— Je les révoque...

— Et qui me justifiera ?

Griffith, sentant son autorité ébranlée, se fâcha.

— Refuseriez-vous donc d'obéir, monsieur ? Faut-il que je me laisse ainsi braver par mes propres officiers. Cela ne sera pas, monsieur Barnstable. Monsieur Merry, allez dire au capitaine Manuel d'envoyer ici un sergent et quatre hommes.

— Qu'il vienne lui-même, s'écria Barnstable, lui et tous ses hommes ne seront pas de trop pour me désarmer. A moi, les Ariels, à moi. Défendez votre capitaine.

— Mort au premier qui avance ! clama Griffith d'une voix tonnante, se précipitant l'épée nue à la main au devant des marins accourus à l'appel de leur chef.

Mais il n'eut pas besoin de joindre le geste à la menace. Les matelots s'arrêtèrent d'eux-mêmes respectueusement, devant leur officier supérieur.

— Rendez-moi votre épée, monsieur Barnstable, sinon, je vous la fais enlever par un simple soldat.

— Qui donc oserait... ? interrogea Barnstable d'un air menaçant, en tirant à son tour son épée.

— Moi-même, monsieur, moi, votre chef ! répondit Griffith en s'avançant et les deux lames s'entrechoquèrent.

— Barnstable ! Barnstable ! Arrêtez par le Ciel, implora Catherine en se jetant entre les deux jeunes gens. Arrêtez ! Je vous suivrai !

Et elle tomba aux genoux de Griffith, l'implorant.

Mais le colonel Howard s'avançant, la releva aussitôt.

— Une telle posture ne sied point à la fille du loyal Harry Howard. Ce n'est que devant votre souverain légitime que vous pourriez vous humilier ainsi. Mais, que cela vous serve d'exemple. Voilà les conséquences fatales de la rébellion ! Voyez ces deux hommes, ils ne savent même plus à qui ils doivent l'obéissance.

— A moi ! dit le pilote et il est temps, je le vois, que je la fasse sentir cette autorité. Votre épée au fourreau, monsieur Griffith, et vous, monsieur qui bravez votre officier supérieur, vous qui avez oublié les serments sacrés que vous avez prêtés au Congrès, soumettez-vous et obéissez !

Griffith salua profondément et remit son arme au fourreau. Mais Barnstable, un bras autour de la taille de miss Plowden, brandit son épée et répondit, d'un air de bravade railleuse :

— Qui êtes-vous pour oser me parler ainsi ?

— Un homme qui a le droit de commander et qui veut être obéi !

L'air imposant du pilote, le feu qui brillait dans ses regards, frappèrent tellement l'officier, qu'il baissa son arme d'un air qu'on pouvait interpréter comme un geste de soumission.

— Monsieur Griffith, continua le pilote, cet officier anglais et cet américain émigré me semblent de bonne prise. Ils seront nos prisonniers de guerre. Qu'on les conduise au vaisseau.

— Mais le but de notre expédition ? demanda Griffith.

— Il est manqué, monsieur, répondit le pilote en le regardant sévèrement. Des intérêts privés ont fait oublier l'intérêt des républiques américaines. Qu'il n'en soit plus parlé ! Que ce colonel Howard, dont la liberté pourra compenser plus tard celle de quelque digne patriote qui languit dans les fers, se rende sur-le-champ à bord.

— J'accompagnerai mon oncle, dit Cécile en s'avançant.

— Je ne suis pas dupe des sentiments qui vous font agir, répondit sèchement le vieillard qui s'approcha de Borroughcliffe et lui dit en lui serrant la main : « Obéissons donc à nos vainqueurs, puisque nous avons été trahis par la fortune !

Cécile et miss Howard, aidées par Merry et Barnstable, firent leurs préparatifs et, en moins d'une heure, tout fut prêt pour le départ.

Pendant ce temps, le reste de la compagnie était demeuré dans la salle à manger, le pilote surveillant tout de l'œil, tandis que Griffith, seul chef en apparence, donnait les ordres et indications nécessaires.

Quand Cécile et Catherine parurent en habits de voyage, Griffith donna l'ordre du départ, et le cortège s'ébranla dans un ordre parfait, précédé des fifres et des tambours du capitaine Manuel.

Grâce aux soins pris par le pilote et afin d'éviter que l'alarme ne puisse être donnée dans le pays, tout le personnel de l'abbaye, de même que les soldats anglais, avaient été conduits sur les rochers pour y être gardés à vue jusqu'au départ de la dernière barque destinée à conduire le pilote et ceux qui l'accompagnaient à bord du cutter, ancré à quelque distance.

Et l'abbaye, restée vide de ses habitants, apparaissait de loin, illuminée par toutes ces bougies que l'on avait oublié d'éteindre.

Plus d'une fois, avant d'atteindre le rivage, Cécile se détourna, le visage plein de larmes, le cœur oppressé, pour contempler cette habitation, qu'une sorte de pressentiment funeste semblait l'avertir qu'elle ne la reverrait jamais plus.

CHAPITRE XI

LE DÉPART DE L'ABBAYE DE SAINTE-RUTH

Occupant toute la largeur du sentier qui conduisait au rivage, un détachement de soldats de marine ouvrait la marche. Ils marchaient en bon ordre de ce pas ferme et cadencé, particulier aux troupes bien disciplinées. Ils étaient suivis d'un corps nombreux de marins armés de piques, de coutelas et de mousquets. Ceux-ci marchaient en débandade, difficilement contenus par la présence et les réprimandes sévères de leurs officiers. Au milieu d'eux, se trouvaient les prisonniers : soldats anglais et domestiques de l'abbaye.

Derrière eux, à une certaine distance, s'avançaient le colonel Howard et le capitaine Borroughcliffe. L'un et l'autre gardaient le silence et paraissaient abîmés en de profondes pensées.

Puis, venait miss Howard, donnant le bras à miss Dunscombe et entourée de quelques-unes de ses servantes. Catherine Plowden, se trouvait en ce groupe, toujours alerte et enjouée, et ne paraissant que médiocrement chagrinée du sort nouveau qui lui était réservé.

A quelques pas d'elle, Barnstable suivait avec plaisir chacun des mouvements de sa fiancée, mais il n'osait s'approcher d'elle pour lui causer.

Sur les flancs de la colonne, surveillant toute la ligne, se tenait Griffith, prêt à intervenir au moindre besoin.

Plus loin, suivait encore un corps de marins, et, à la tête d'un second détachement de ses soldats, le capitaine Manuel formait la marche.

Les marins ne se gênaient point pour causer entre eux. La discipline du bord, si étroite, si sévère, n'existait plus pour eux, une fois que l'on se trouvait sur la terre ferme.

— Fichue expédition, maugréait un vieux

matelot. Il y avait pourtant de quoi dans la soute de ce bâtiment que nous avons si lestement abordé. Mais, ordre de ne rien prendre ! C'était bien la peine de nous avoir mis l'eau à la bouche pour nous retirer aussi brusquement le flacon des lèvres.

— Ah ! fit un autre, se voir réduit à faire le soldat, porter le mousquet, et n'avoir pas le moindre droit au pillage, voilà ce qui est dur pour un véritable marin. Du diable si, cette nuit, j'ai mis la main sur autre chose que mes armes ! Je n'ai rien pris que ce coupon de toile à cataplasmes.

— Tu dieu ; mon bon, tu te plains. Du linge de cette finesse et un coupon qui doit être plus grand que notre voile de perroquet. Tu fais bien le dégoûté. Moi, je n'ai qu'un chapeau et encore l'ai-je défoncé en le voulant mettre sur ma tête. Ah ! ça. Nick, tu m'en donneras bien un morceau de ta toile pour me faire une chemise.

— Une chemise, douze même, si tu veux. Mais ce n'est point cette expédition là qui nous rendra riche, matelot.

— De quoi vous plaignez-vous, fit un autre

goguenard. N'avons-nous point double ration de nuit ? Nous voici frétés pour une croisière dans les mers où le quart du jour dure six mois.

Et il montrait de la main les deux nègres du colonel qui marchaient près de lui.

— Virez la tête de tribord, moricauds ! continua-t-il en passant la main sur leur tête laineuse.

— Laisse-les tranquilles, fit un autre. Tu vas les faire hurler et les officiers vont venir naviguer dans nos eaux. Ah ! pourquoi diable sommes-nous venus tirer des bordées le long de ces côtes, parmi récifs et brisants, quand tout près dans l'Atlantique, passent tant de beaux bâtiments marchands venus de la Jamaïque et qui ont à bord tout ce qu'il faut pour confectionner de bons et copieux grogs qui nous seraient revenus si bon marché.

— C'est ce damné pilote qui en est cause !

— Allons mes lys immaculés, dressez vos écubiers, ou je vais vous hisser par vos câbles frisés.

Mais, sentant qu'on leur tirait les cheveux, les nègres crièrent.

— Qu'est-ce donc ? fit un officier. Que se passe-t-il ?

Le marin lâcha les cheveux qu'il tenait, mais, pour punir le nègre d'avoir crié, il lui saisit l'oreille et la lui pinça rudement.

Alors, ce ne fut plus un cri, ce fut un hurlement.

— Encore ! s'écria Merry, qui fait ainsi chanter ces nègres ?

— Personne, monsieur ! Ils sont douillets et se sont sans doute marché sur les pieds. Dame ! dans la nuit, des pieds noirs, ça ne se voit pas facilement.

— Assez, mauvais plaisant. Mais, d'abord, vous-même, Nick, que fichez-vous là ? Je vous avais ordonné de mettre la pique sur l'épaule et de vous placer sur le flanc du détachement.

— Parfaitement, et je vous ai obéi, monsieur, mais ces visages de nègres qui naviguent de conserve sur mes flancs ont rendu la nuit si complète que je me suis trompé de chemin et que j'ai dû dévier dans mon sillage.

Un rire étouffé courut parmi les matelots. Mais le midshipman, quoiqu'il en eut fort envie, ne rit pas.

— Eh bien, maintenant que vous avez reconnu votre erreur de calcul, Nick, virez de bord au plus vite, et reprenez votre ordre de bataille.

— J'y vais, monsieur Merry, j'y vais. Mais il me semble que l'un de ces noirauds pleure. Permettez-moi de ramasser quelques gouttes d'encre pour écrire une lettre à ma pauvre vieille mère que je néglige bien depuis longtemps.

— Si vous n'obéissez pas à l'instant, s'écria Merry, faisant le geste de tirer son poignard, c'est avec de l'encre rouge que vous allez lui écrire.

— Dieu m'en garde ! fit le marin en regagnant sa place.

— Allons ! Taisons-nous donc, là-bas ! fit la voix sévère de Griffith.

— Chut ! firent les marins entre eux, c'est la voix du premier lieutenant et vous savez, vous autres, il ne plaisante pas.

Et tous cessèrent leurs chuchotements, car le commandant s'approchait de leur côté.

Depuis l'intervention si rapide du pilote, — intervention après laquelle ce dernier disparut, — Griffith avait repris le commandement de l'expédition que nul, du reste, ne songeait plus à lui contester. Il évitait soigneusement d'adresser la parole à Barnstable, et leur récente altercation paraissait avoir brisé les liens d'amitiés qui existaient entre eux. Griffith avait eu même la pensée de faire arrêter l'officier qui l'avait si audacieusement bravé, mais la présence de Cécile et de Catherine l'avait empêché de mettre ce projet à exécution. Il craignait, en agissant ainsi, de rompre la bonne harmonie qui paraissait régner entre les deux cousines et de susciter quelqu'obstacle qui nuirait à leurs projets d'embarquement.

Barnstable, de son côté, comprenait la gravité de la faute commise, mais son caractère fier et indomptable n'était point, pour cela, résigné à se plier.

A quelque distance du rivage, il prit les devants pour choisir parmi les barques celle qui lui parut la plus digne de recevoir les dames. Par son ordre, elle fut amenée sur le sable et promptement aménagée.

Le capitaine Manuel avait arrêté sa troupe

sur le haut des rochers, et conformément aux règles de la tratégie militaire, s'appliquait à disposer ses petits postes et ses sentinelles, tout en veillant à la garde des prisonniers qui lui avaient été confiés.

Seuls, le colonel Howard, le capitaine Borroughcliffe, miss Howard, Plowden, Dunscombe et trois femmes de chambre étaient descendus sur le rivage, attendant qu'on vienne les avertir d'embarquer. Tout le monde gardait le silence, car l'heure allait sonner de quitter ce pays dans lequel ils avaient vécu si longtemps, et tous ressentaient au cœur ce serrement douloureux que font naître toujours les fortes émotions.

Ce fut sans doute comme réponse à ses secrètes pensées que miss Dunscombe, tout en paraissant chercher attentivement autour d'elle quelqu'un qu'elle s'étonnait à ne pas voir, fit à haute-voix et comme se parlant à elle-même.

— Où est-il, que je lui demande comment il oserait m'arracher à cette terre qui m'a vu naître, où j'ai vécu enfant, à ces lieux qui possèdent toute mon affection ?

— De qui parlez-vous donc, madame ! Si c'est de M. Griffith, le voici tout près de vous.

Griffith, ayant entendu prononcer son nom, s'approcha du groupe, et après s'être profondément incliné :

— Il est bien entendu, n'est-ce pas, mesdames, que vous conservez toute votre liberté d'action. Nulle de vous n'est prisonnière. Mais je donne ici ma parole d'honneur de marin, que celles qui consentiront à se rendre volontairement à bord de notre vaisseau, y trouveront protection et sûreté et y seront convenablement et courtoisement traitées.

— S'il en est ainsi, je reste ! déclara avec fermeté miss Dunscombe.

— Pourquoi ne nous accompagnez-vous point ? fit Cécile affectueusement. Aucun lien ne vous retient ici et votre amitié nous est précieuse. Cependant, si vous devez rester en ce pays, retournez à Sainte-Ruth et soyez-y la maîtresse jusqu'à notre retour.

— Ce serait avec plaisir que j'accepterai votre offre, mon enfant, mais il faudrait, pour cela, le consentement de votre oncle.

Le colonel, que son ressentiment trop récent poussait à ne point parler directement à sa nièce, pensa que sans rien oublier de ses griefs, il pouvait répondre à miss Dunscombe. Son savoir-vivre lui en faisait un devoir.

— Je vous remercie de votre offre, miss Dunscombe et je l'accepte avec reconnaissance. Ecrivez à mon agent qu'il mette les scellés sur mes papiers et les expédient au secrétaire d'état du Ministre de l'Intérieur. On verra que ce sont les papiers d'un soldat sans reproche et sans peur, d'un sujet loyal et respectueux. Quant à vous, miss Dunscombe, permettez-moi de vous baiser la main et j'espère que nous nous reverrons bientôt. Je me rappellerai toujours avec plaisir, le charmant souvenir de votre compagnie et votre parfaite urbanité.

Serrant la main du colonel Heyward, ils se firent leurs adieux, puis, jusqu'au moment du départ, miss Dunscombe resta près de ses amies. Enfin, il fallut se quitter. Les trois femmes s'embrassèrent en pleurant et les deux cousines, s'arrachant des bras d'Alix, se dirigèrent vers la barque qui allait les conduire au cutter.

A défaut du colonel Howard qui affectait de ne point voir que ses pupilles avaient besoin d'un aide pour y monter, Barnstable s'avança pour leur tendre la main.

Après les avoir installées le plus confortablement possible, il se tourna vers les deux prisonniers.

— Messieurs, leur dit-il, la barque vous attend.

— Permettriez-vous à un vieux soldat malheureux de se recommander à vous, miss Dunscombe, et de solliciter un léger service !

— Disposez de moi comme vous l'entendrez, capitaine Borroughcliffe. C'est avec le plus grand plaisir que je saisirai l'occasion d'être utile à un compatriote et à celui dont j'ai pu apprécier, pendant le temps bien court que nous avons passé ensemble, le savoir-vivre et la bonne société.

— Merci de votre obligeance, miss Dunscombe, et puisque vous voulez bien avoir l'amabilité d'y consentir, voici le service que je vous demanderai : ce serait de rédiger une sorte de rapport à l'adresse du commandant en chef du district, pour lui apprendre comment je me suis laissé berner et surprendre comme un âne. Insistez sur ce terme, miss Dunscombe, il n'est certainement pas trop fort pour moi, car je me suis conduit comme un véritable benêt. Voilà ce que c'est que d'avoir voulu jouer à cache-cache avec une jeune fille rebelle. Merci mille fois, miss Dunscombe, et veuillez accepter toutes mes civilités.

Allons, mon cher colonel, je vous suis. Marchons ensemble vers le chemin de la captivité.

— Arrêtez ! capitaine Borroughcliffe. Vous ne devez pas monter dans cette barque.

— Et pourquoi donc, monsieur Griffith, répondit le capitaine avec hauteur. Oubliez-vous que j'ai l'honneur d'être officier au service de Sa Majesté Britannique et que j'ai droit comme tel à la considération qui m'est légitimement due... ?

— Ah ! Dieu ne plaise, capitaine Borroughcliffe, que je commette jamais un pareil oubli des plus simples convenances. Mais je me souviens, au contraire, également des égards avec lesquels vous nous avez traités, et c'est un plaisir pour moi de vous apprendre que vous et vos soldats n'êtes point prisonniers. Sitôt que notre sûreté le permettra, vous recouvrerez votre liberté.

Borroughcliffe s'inclina en signe de remerciemen, car il était encore trop aigri de ses récentes défaites pour exprimer à vive voix à Griffith la gratitude qu'il ressentait de ce procédé généreux et courtois, auquel, nous devons le dire, il ne s'attendait nullement.

Pour cacher son émotion, il se mit à arpenter le rivage, sifflottant entre ses dents le refrain de quelque joyeuse chanson à boire.

— La barque est prête, fit observer Barnstable à haute voix. Elle n'attend plus que ses officiers.

Griffith se détourna sans lui répondre et s'éloigna en affectant un air hautain.

Barnstable n'était pas patient, mais son respect de la discipline l'empêcha de faire entendre la plus petite observation. Pourtant, s'apercevant que son supérieur ne paraissait pas avoir l'intention de s'embarquer, il prit place dans le canot et ordonna à ses marins de le mettre à flot.

— Allons ! la proue en mer, enfants ! Tirez,

poussez ! Bien. Les rames en main, maintenant, et souquez ferme sur les avirons !

Les marins obéirent à ces injonctions et, sous leur vigoureuse impulsion, la barque ne tarda pas à s'éloigner du rivage.

Les flots, toujours menaçants auprès des brisants, ne tardèrent point à s'apaiser, aussitôt qu'on fut en pleine mer, et d'une allure rapide, doucement bercée par le flot, l'embarcation, se dirigea, rapide, vers l'endroit où l'*Alerte* devait se trouver.

CHAPITRE XII

OU LE LECTEUR FAIT UNE PLUS AMPLE CONNAISSANCE AVEC LE PILOTE

Suivant du regard la barque qui emportait ses amies, miss Dunscombe resta sur le rivage, tant qu'elle put discerner la petite embarcation qui ne tarda pas à disparaître dans l'obscurité de la nuit.

Quelque temps encore, elle écouta le bruit des rames qui frappaient l'eau de leur mouvement mesuré. Puis, tout bruit s'éteignant, elle secoua la tête d'un air mélancolique et s'éloigna à pas lents.

Elle gravit l'étroit et serpentant chemin qui conduisait au sommet des rochers, et les soldats de Borroughcliffe qui étaient stationnés en cet endroit, s'écartèrent respectueusement pour la laisser passer.

Abimée dans ses pensées elle passa, sans les voir, devant les sentinelles dont aucune ne s'opposa à son passage. Mais, parvenue jusqu'à l'arrière-garde que commandait Manuel en personne, un sonore : « qui va là ! » la fit tressaillir et l'arrêta.

— Qui va là ? répéta le capitaine en s'avançant.

— Une simple femme, monsieur, qui n'a ni le dessein ni le pouvoir de vous nuire et que votre chef vient d'autoriser à retourner en ce pays qui contient toutes ses affections.

— Avez-vous le mot d'ordre, madame ?

— Je n'ai d'autre autorisation que celle que vient de me donner M. Griffith, d'autre droit à alléguer que mon sexe et ma faiblesse.

— Et ils sont suffisants ! dit la voix ferme d'un homme qui s'avançait à travers les broussailles et dont l'obscurtié empêchait de distinguer les traits.

— Qui va là ? cria encore Manuel. Avancez à l'ordre, ou je fais feu.

— Ce serait mal récompenser le service que je vous ai rendu en vous délivrant, capitaine, riposta le pilote que le capitaine alors reconnut.

— Il est de la dernière imprudence, monsieur, de s'approcher aussi témérairement d'un poste bien gardé.

— Qu'importe, puisque me voici. Mais, je vous serai particulièrement reconnaissant, monsieur, de me laisser parler à cette dame. C'est une amie d'enfance, et je la reconduirai jusqu'à l'abbaye.

— Impossible, monsieur, ce serait contraire aux plus élémentaires principes de la tactique imposée aux troupes stationnant sur territoire ennemi. Vous m'excuserez, monsieur, mais la situation exige que j'agisse ainsi. Mais, pour vous obliger, si vous désirez causer ici avec miss Dunscombe, je vais faire reculer mon poste de quelques pas. Pourtant, ma position est d'une importance stratégique considérable. Jugez plutôt ; ce ravin, assurant ma retraite en cas de surprise, cette pointe de rocher couvrant mon flanc droit, ce gros arbre qui me fortifie sur la gauche. Ah ! monsieur, pour me déloger d'ici, un corps d'armée serait nécessaire !

— Monsieur, riposta le pilote, ce serait de la dernière imprudence de vous déranger d'un aussi bel endroit. Miss Dunscombe, si elle y consent, reculera de quelques pas en arrière et nous nous entretiendrons en toute liberté.

Tous deux se retirèrent à une courte distance du poste. Alix s'assit sur le tronc d'un chêne que le récent orage avait renversé, et le pilote se tint, debout, à côté d'elle.

— Alix, voici le moment de nous séparer. A vous de décider si ce doit être pour toujours ?

— Que ce soit donc pour toujours, Jônes ! répondit-elle, d'un ton ému.

— Votre réponse part d'une âme prudente, Alix. Mon existence périlleuse n'est point de celles qui font d'ordinaire envie à une femme.

— Les dangers de chaque jour, les revers, les infortunes, les dangers et les désenchantements, croyez-vous donc que tout cela soient des causes suffisantes pour faire hésiter le cœur d'une femme vraiment aimante, Jônes... ? Non, ce qui me sépare de vous, c'est que votre gloire ne fut acquise que dans le sang de vos compatriotes ;

c'est que vous avez oublié vos devoirs et que je désespère à tout jamais de votre avenir.

— Dites avec le sang des ennemis de la liberté ! Dites que les principes que je défends, sont les principes de ceux qui n'acceptent ni l'esclavage, ni le despotisme !

— Nous pensons différemment, Jônes. Mes idées, à moi, sont celles d'une humble et simple femme. J'aimerais mieux la mort que de vivre et de sentir autrement.

— Ah ! voilà bien les conséquences de cet esclavage et de ce despotisme dont je vous parlais tout-à-l'heure ! Une femme qui pense ainsi, ne peut jamais être que la mère de misérables et de lâches qui ne mériteront jamais le nom d'hommes !

— Je ne serai jamais mère, répondit Alix, d'un ton d'amère résignation. Je mourrai comme j'ai vécu, seule, sans appui, sans laisser de regrets et sans faire verser de larmes !

— Si vous le vouliez, pourtant, Alix ! dit le pilote d'un accent suppliant.

— Oh ! Jônes, n'insistez pas. Ma résolution est bien prise : elle est irrévocable ! Mon cœur vous appartient comme il vous a toujours appartenu, Jônes, mais ma raison vous condamne et vous désapprouve. Ceux qui vous adulent et vous flattent aujourd'hui, seront les premiers à vous abandonner dans le malheur. Qui sait quel nom plus tard on donnera à ce que vous croyez votre gloire !

— Que l'on dise ce que l'on veut, Alix, la postérité jugera en dernier ressort. Elle dira : Ce fut un homme redoutable et vaillant. Et ceux qui, nés dans l'esclavage, connaîtront, grâce à moi, les bienfaits de la liberté, puiseront en mon exemple une grande et salutaire leçon.

Mais, laissons tout cela, Alix, le temps presse et c'est pour la dernière fois sans doute que je foule du pied le sol haï de l'Angleterre.

— Et quels exploits ont marqué le court séjour que vous venez d'y faire ! Vous avez détruit le repos d'une famille paisible ; vous emmenez en captivité un vieillard. Sont-ce là des faits dont vous devez vous glorifier ?

— L'entreprise que j'avais conçue était beaucoup plus haute et considérable, Alix, mais elle a échoué par le concours de circonstances indépendantes de ma volonté. Moi seul connais quel était le but grandiose de cette expédition et je ne le révélerai jamais. Quant à ce colonel Howard, il ne tardera pas à être échangé contre un vrai patriote valant mieux que lui. Et ses pupilles, Alix, vous savez, aussi bien que moi, que leur Patrie est Amérique, ou tout au moins le vaisseau au grand mât duquel flotte son pavillon, et qui se trouve ancré non loin d'ici.

— Vous parlez d'un vaisseau à proximité ? Est-ce le seul moyen que vous avez d'échapper à vos ennemis ?

— J'ai plutôt l'habitude « d'attaquer » que « d'échapper », Alix, rectifia le pilote avec un air de grande fierté. Les événements passés et que vous connaissez, l'ont suffisamment prouvé.

— Oh ! ne discutons pas encore, Jônes. Si je parle ainsi, c'est que le hasard m'a fait surprendre une conversation où l'on parlait d'un plan pour détruire des vaisseaux américains qui devaient se trouver dans ces parages.

— Plan plus facile à concevoir qu'à exécuter, Alix. Mais en quoi donc consistait-il, ce plan redoutable ?

— Ma fidélité me fait quelque scrupule de vous le révéler, répondit Alix, hésitant.

— Eh ! bien, n'en dites rien. Votre silence pourra ainsi soustraire à la mort ou à la captivité quelques-uns des officiers ou marins de cette nation qui vous est si chère...

— Et cependant, continuait Alix, semblant s'interroger elle-même, en plus du service que l'on peut rendre à ceux que nous avons connus et aimés, ne pourrait-on éviter l'effusion du sang humain ?...

Voici ce dont il s'agit, Jônes, continua-t-elle rapidement. Un jeune homme qui habitait à l'abbaye, un parent du colonel, nommé Dillon, disparu mystérieusement ou plutôt emmené prisonnier par vos compagnons, mentit pour recouvrer sa liberté. Il promit au commandant de l'*Ariel* de faire délivrer Griffith, si on le laissait lui-même libre, et lorsqu'on eut cru à sa parole d'honneur, il complota la plus lâche des trahisons. Il avertit le commandant de la batterie devant laquelle le schooner était ancré, de couler ce navire. Mais, ce plan a dû échouer, puisque j'ai revu M. Barnstable.

— Oui, ce plan a échoué, Alix. Mais l'*Ariel* a été frappé par un bras plus puissant que le mien. Le schooner a fait naufrage et le lâche dont vous parlez a péri dans les flots. C'est le Ciel qui s'est chargé de le punir !

— Mais, ce n'était pas tout, Jônes. Ce Dillon avait envoyé un exprès dans le port de guerre le plus voisin pour y donner avis de votre apparition sur ces côtes et pour que des vaisseaux de la marine royale viennent vous couper la retraite.

— Avez-vous retenu le nom de ces vaisseaux, Alix ? interrogea vivement le pilote. Leurs noms seulement, leurs noms qui me révéleraient quelles peuvent être leurs forces... ?

— Un nom, le vôtre, Jônes, fut aussi prononcé, et celui-là m'a fait oublier tous les autres.

— Ah ! vous êtes toujours la bonne Alix d'autrefois ! s'écria le pilote avec tendresse.

— Je vous ai dit tout ce que je croyais devoir vous être utile, Jônes, il faut maintenant nous séparer. Vos compagnons sont prêts à reprendre la mer. Adieu, soyez heureux et obtenez la bénédiction du ciel, si vous savez vous en montrer digne.

— Je ne puis vous laisser partir ainsi, Alix. La nuit est obscure. Je vais vous accompagner à l'abbaye.

— Inutile, Jônes. Une femme comme moi, qui jamais n'a fait le moindre mal à qui que ce soit, n'a rien à craindre en ces endroits. Adieu encore une fois, Jônes, et pensez parfois à ceux dont les vœux pour vous furent toujours purs et désintéressés !

— Que Dieu vous accompagne, Alix.

— Adieu, Jônes ! Séparons-nous pour toujours.

Elle retira doucement sa main qu'il retenait encore et, se détournant, prit la route conduisant à l'abbaye.

Le pilote allait s'élancer après elle, quand le tambour des soldats de marine retentit, répondant au strident coup de sifflet d'un contremaître, annonçant que la dernière barque allait s'éloigner.

La tête agitée de tumultueux pensers, le pilote obéit à cet appel et rebroussa chemin. Il traversa, sans les voir, les soldats anglais que Griffith venait de remettre en liberté, mais le capitaine Borroughcliffe lui ayant légèrement frappé sur l'épaule, il leva les yeux et le reconnut.

— Vous m'excuserez, monsieur, de vous déranger de vos occupations, mais comme vous ne paraissez point avoir un rang aussi obscur que votre costume le dénote, que vous êtes peut-être le général, l'amiral, que sais-je enfin, le chef des rebelles, vous me paraissez devoir assumer la responsabilité de tout ce qui s'est passé. Eh ! bien, monsieur, vous me permettrez de vous le dire face à face : J'ai été indignement traité, pas vous tous en général, par vous en particulier. Comprenez-vous, monsieur... ?

Le pilote fit un geste de la main pour dire au capitaine de passer son chemin et fit un détour pour continuer le sien.

— Mais vous ne comprenez donc point ce que je veux vous dire, monsieur ? Ne me suis-je point montré assez explicite... ?

Et Borroughcliffe montrait au pilote deux pistolets qu'il tenait l'un par le canon, l'autre par la poignée.

Mais ce geste n'obtint pas le résultat qu'il en attendait. Haussant légèrement les épaules, le pilote continua sa marche et disparut bientôt dans l'obscurité.

— Ce n'était donc qu'un simple pilote ! se dit Borroughcliffe. Un homme bien né eut compris l'illusion et répondit d'autre manière. Comment me venger ? Ah ! voici la troupe de ce digne ami, si connaisseur de bon vin. Peut-être aurais-je plus de chance de ce côté.

Et, s'approchant de Manuel :

— Salut, monsieur. Vous avez fait aujourd'hui un beau pillage, capitaine Manuel.

— Il aurait été meilleur, monsieur, si j'avais pu vous rendre quelques-unes de vos politesses, répondit Manuel qui n'était point d'humeur à se quereller, mais qui trouva à la voix du capitaine anglais un accent qui lui déplut.

— Comment me rendre mes politesses ! Vous ne vous souvenez donc plus de ce pommeau d'épée que j'ai mordillé durant quatre heures, comme un chien qui rongerait un os ! des liens qui m'ont garotté ! du coup de crosse qu'un de mes soldats a reçu... ? Diable, monsieur, je serais un ingrat si j'oubliais tout cela et un ingrat, pour moi, je le considère comme un lâche !

— Ah ! ça, que me voulez-vous avec toutes ces jérémiades.

— Vous prier de choisir un de ces deux joujoux, monsieur.

— J'ai les miens, monsieur ! répondit Manuel,

saisissant un pistolet à sa ceinture et reculant de quelques pas.

— Ne reculez pas ainsi jusqu'en Amérique ! s'écria Borroughcliffe, d'un air d'insultante raillerie.

— Défendez-vous et faites feu ! s'écria Manuel furieux, en étendant le bras.

Les deux détonations retentirent presqu'en même temps, et les deux adversaires tombèrent.

Dès deux côtés opposés accoururent les soldats des deux adversaires. Tous s'empressèrent autour de leur chef respectif.

Manuel, étendu sur le dos, ne bougeait plus. Borroughcliffe, était appuyé sur le coude, moitié couché, moitié assis.

— Le pauvre diable serait-il mort ? demandait-il, d'un ton de regret. Ce serait dommage, car il avait la trempe d'un vrai soldat.

Mais, les américains avaient redressé Manuel qui n'était qu'étourdi. La balle qui l'avait atteint lui avait contourné les os du crâne sans lui faire de blessure sérieuse.

Sitôt qu'il eut reprit ses sens, il s'informa, lui aussi, de l'état de son adversaire.

— Me voici, mon digne capitaine, s'écria Borroughcliffe. La jambe droite est trouée. Mais je crois que vous en tenez aussi, camarade.

— Vous m'avez effleuré la tête.

— Hum ! Hum ! effleuré... Enfin, donnez-moi votre main, Manuel. Nous avons bu ensemble, nous nous sommes battus, il ne nous reste plus qu'à être amis.

De grand cœur, camarade. Et si jamais vous venez en Amérique, faites-le moi savoir.

— Vous aussi, capitaine Manuel, quand vous reviendrez en Angleterre, faites m'en avertir.

Et les deux braves, après s'être serré cordialement les mains à plusiuers reprises, se séparèrent.

CHAPITRE XIII

EN ROUTE VERS LA FRÉGATE

Pendant que les événements que nous venons de raconter se déroulaient à l'abbaye de Sainte-Ruth, l'*Alerte* qui avait servi à amener à terre le pilote et le fort contingent qui l'accompagnait — contingent prélevé parmi l'équipage de la frégate — l'*Ariel*, disons-nous, courait des bordées à proximité des côtes. Sous le commandement de M. Boltrope, le contre-maître dont nous avons déjà eu l'occasion de parler lors de la réunion de ce conseil de bord au cours duquel l'expédition avait été décidée.

Barnstable était un ancien capitaine au cabotage. Comme la plupart des marins de sa classe, il affectait, dans son parler, une grossièreté qu'il regardait comme une preuve évidente des connaissances nautiques d'un parfait matelot.

Aussi, considérait-il et appréciait-il avec le plus profond dédain, la politesse pointilleuse qu'on observait à bord d'un navire de guerre. Ses fonctions d'officier marinier, consistant à tenir le livre de loch, à veiller sur les approvisionnements, à tenir un compte exact et minutieux des voiles, cordages et agrès, lui donnaient peu de rapports avec les autres officiers, jeunes officiers affectés spécialement à la manœuvre et il mettait son orgueil à mépriser souverainement les manières et leurs habitudes, plus élégantes et plus raffinées.

En plus des marins qui se trouvaient avec lui, était le chapelain de la frégate, que le contre-maître avait pu décider à l'accompagner à bord de l'*Alerte*, en lui disant qu'on allait sans doute avoir à terre quelque meurtrier engagement et qu'il pourrait se trouver quelque pauvre diable ayant besoin de son ministère pour l'aider à se « passer l'arme à gauche ».

Et le chapelain, qui s'ennuyait à bord de la

frégate, avait souscrit à l'invitation, avec cette arrière-pensée qu'il allait pouvoir passer quelques heures sur la terre ferme, voir un pays qui lui était inconnu, rompre enfin, pendant quelques instants, la monotonie à laquelle il était condamné.

Le contre-maître Boltrope, sitôt le pilote débarqué, était donc resté seul maître à bord de l'*Alerte*. Il était assisté d'un second contre-maître et d'une douzaine de matelots. Sa principale occupation était de préparer un pot de grog, de le vider et de le préparer de nouveau quand il en voyait le fond.

Lui et le chapelain avaient trouvé ainsi le moyen de « tuer » agréablement le temps. Tous deux, installés confortablement sur le gaillard d'arrière, devisaient de choses et autres, attendant le signal pour se rapprocher des côtes et recueillir les membres de l'expédition, tandis qu'à petits coups ils savouraient leur grog.

— Ah ! disait Boltrope, j'espère, M. le chapelain, que vous n'hésiterez point à me rendre raison, le verre en mains. Il est des points sur lesquels, souvent, nous différons d'opinions, mais il en est un autre, sur lequel, certainement, nous tomberons toujours d'accord. Goûtez-moi de ce grog, chapelain. Il est fait d'un rhum de première marque, pris sur les Anglais — de fins connaisseurs, savez-vous. — Faisons-lui honneur.

Boltrope but, d'une seule lampée, un grand verre de ce grog et, voyant que le chapelain s'y prenait avec plus de modération :

— Eh ! chapelain, vous ressemblez à notre premier lieutenant. En voilà un qui ne vit que d'air et d'eau.

— Monsieur Griffith donne à tout l'équipage un salutaire exemple ! répondit le chapelain.

— Un salutaire exemple ! protesta le contremaître. Vous n'y pensez donc pas, chapelain ! Mais, comment résisterait le pauvre marin aux brouillards de la mer s'il ne se consolidait, de temps à autre, d'une tisane comme celle-ci... ? Il faut du rhum au matelot par les temps humides, comme de la voile à la frégate quand souffle le vent. M. Griffith, certes, est bon marin, mais il donne une trop grande importance à des babioles qui n'en méritent pas. C'est ainsi qu'il est amouraché de la discipline. Balayez le pont, donnez de nouvelles garcettes aux câbles... etc., etc.

— Eh ! vous autres, tirez donc les drisses des huniers ! cria-t-il à l'équipage.

Tenez, continua-t-il, remarquez-le quand il passe l'inspection. Il demande aux hommes s'ils ont changé de chemise ! Qu'est-ce que cela peut bien lui faire qu'on garde une chemise une semaine ou deux, selon le degré de propreté de chaque homme, cela vaut-il la peine qu'on s'en occupe... ?

— Lofez, lofez donc ! les gars ! Vous voyez bien que nous ne suivons point le droit chemin.

Oui, chapelain, je vous le demande. Qu'est-ce que toutes ces choses-là peuvent bien avoir de commun avec le service. Vous verrez qu'un beau jour il viendra me dire de mettre ma chique à gauche quand je l'aurai du côté droit. Cela le regarde-t-il ? Le Congrès lui a-t-il donné mission de s'occuper de ces minuties... ?

— J'avoue que souvent, moi-même, j'ai trouvé que son amour de la discipline était porté à l'excès. Mais, continua le chapelain, n'entendez-vous point un bruit de rames, monsieur

Boltrope, ne serait-ce pas une de nos barques qui arrive ?

— Oui, oui, c'est probable. Holà, vous autres, changez de bordée !

Obéissant au gouvernail, le cutter tourna sur lui-même, et les voiles ayant été disposées de manière à se neutraliser, il devint stationnaire.

Bientôt la barque, qui venait des côtes, fut assez proche pour être hélée.

— Hohé ! La barque ! Hohé !

— Hohé ! Hohé !

— C'est un des lieutenants, dit Boltrope. Allons, sifflez donc, l'aide du contre-maître. Mais, en voici une autre à babord !

Hohé ! Hohé ! La barque !

— L'*Alerte* !

— Oh ! fit Boltrope, cette fois, c'est M. Griffith. Allons, toutes les barques vont nous aborder en même temps. Tenez, en voici encore une à tribord. Hohé ! Hohé ! La barque !

— Pavillon ! répondit une voix forte.

— Pavillon ! répéta le contre-maître surpris. Oh ! oh ! qui donc a le ton si haut en parlant à la prise d'un bâtiment de guerre américain. Holà! la barque, vous dis-je.

L'interrogation, cette fois, avait été faite d'un ton bref et menaçant, et l'équipage de la barque s'arrêta à quelques toises de l'*Alerte*. Un homme qui était assis sur la poupe de cette barque se leva avec vivacité et dit :

— Non ! Non !

— Quel est l'ignorant qui monte cette barque ? se demanda Boltrope, tandis que le nouveau venu montait à bord.

— Est-ce vous, monsieur le pilote? s'écria-t-il en le reconnaissant. Mais, vous avez risqué d'attrapper quelque coup de mousquet.

Le pilote, sans répondre, alla se placer sur le gaillard d'arrière.

Mais une autre barque s'approchait, c'était celle que montait Barnstable. Celui-ci paraissait d'assez méchante humeur. Durant toute la traversée, les passagers qu'il conduisait avaient gardé le plus profond silence, et Catherine, pour sauver les apparences, s'était décidée à les imiter.

Aussi, après avoir aidé ces dames à monter sur le cutter et avoir voulu rendre le même service au colonel Howard, qui le refusa froidement, fut-il content de trouver quelqu'un sur qui il pouvait décharger sa colère.

— Comment, monsieur Boltrope ? Voilà des dames qui nous arrivent et vous tenez votre vergue hissée de manière que les bords de la voile soient tendus comme une corde de violon, Faites mollir, monsieur, faites mollir !

— Bien, bien, monsieur, dit le quartier-maître en faisant exécuter la manœuvre.

— Eh bien, continua-t-il en s'adressant au chapelain, en voici du nouveau ! Des dames à bord de la frégate. Des cartons, des caisses, des toilettes, des brimborions... Qu'allons-nous devenir ! C'était déjà une rage de chapeaux à cornes, d'épaulettes et de boucles de jarretières ! Que va dire le capitaine Munson !

Barnstable, pendant quelque temps encore, prodigua sa mauvaise humeur. D'un ton sec, il faisait changer presque toutes les manœuvres, et trouvait à redire sur tout. Mais l'arrivée de Griffith, lui retira le commandement, et ce fut dans une tranquillité relative que toutes les embarcations rallièrent successivement le cutter.

La petite cabine de l'*Alerte* fut offerte au colonel Howard, à ses pupilles et à leurs domestiques, puis, les barques hissées, ordre fut donné de tourner les voiles au vent et d'avancer en pleine mer.

Pendant une demi-heure, on avança, mais l'obscurité était si épaisse que, dans la crainte d'inutiles recherches, Griffith donna ordre de mettre en panne jusqu'à la naissance du jour. Il serait temps alors de chercher la frégate.

Le petit cutter présentait, en ce moment, une animation considérable. Plus de cent cinquante hommes se pressaient à son bord, et par ordre du commandant, une distribution de grog avait été faite. Ce ne fut, durant quelques instants, qu'exclamations bruyantes et tapageuses, puis, peu à peu, le calme se fit. Une partie des marins descendit à fond de cale pour se reposer ; les autres, restés sur le pont, formèrent plusieurs groupes dont quelques-uns firent entendre de ces airs, aux vagues réminiscences de complaintes, chers à tout marin. Mais, bientôt, ceux-là également succombèrent à la fatigue et ils se couchèrent, comme ils le purent, sur le pont du navire.

Seuls, deux hommes continuèrent à veiller, Griffith et Barnstable, qui se promenaient, en silence, chacun d'un côté du gaillard d'arrière, se gardant bien de s'adresser la parole et échangeant, par instant, des regards hautains.

Pour ajouter à leurs embarras, les deux cousines, qui s'étaient assoupies quelque temps dans leurs cabines, montèrent sur le pont pour respirer l'air pur de la nuit.

Elles restaient appuyées sur les bastingages, gardant le silence ou échangeant quelques mots à vois basse, n'osant ne se permettre ni un geste, ni un coup d'œil à l'égard des deux jeunes gens dont elles déploraient la mésintelligence.

Enfin, Catherine résolut de mettre fin à cette scène pénible et, s'adressant à Griffith :

— Serons-nous encore longtemps avant de rejoindre la frégate, monsieur. On est si à l'étroit dans cette cabine !

— Dès que nous pourrons l'apercevoir, miss Plowden, nous l'accosterons aussitôt et vous recevrez à son bord une hospitalité plus confortable, mais bien moins fastueuse que celle dont vous jouissiez à Sainte-Ruth.

Ceux qui vivent, comme nous, sur l'Océan, ne sont pas accoutumés au luxe. Du reste, l'aurore commence à paraître, voyez plutôt !

Comprenant que Griffith ne paraissait point disposé à converser plus longuement, Catherine et Cécile admirèrent le spectacle magnifique du soleil se levant du sein des flots. Une raie ténue de lumière parut à l'horizon, devenant, d'instant en instant, plus large et plus éclatante, et bientôt une ceinture de flammes parut entourer l'Océan. Mais, une voix qui semblait descendre du ciel, arracha les deux cousines à leur muette contemplation :

— Hohé ! Une voile ! En poupe sous le vent !

— Regardez, dit Griffith, se tournant vers Cécile et Catherine et en indiquant du bras au point de l'Océan.

S'élevant et s'avançant sur les vagues, d'un mouvement gracieux et régulier, la frégate voguait doucement sur de longues vagues. Deux de ses voiles seulement flottaient, mais sur le fond noir de l'horizon, se dessinaient d'une façon nette et saisissante ses mâts immenses, ses lourdes vergues et ses cordages minces et légers comme des fils d'araignée.

Enfin, la clarté du jour augmenta, et la frégate qui se trouvait à un mille environ du cutter, sous le disque du soleil qui commençait à paraître à l'horizon, se dessina d'une façon parfaitement distincte, et l'on distingua ses abords et les mille autres détails que l'on ne voyait tout à l'heure que confusément.

Dès que le vaisseau avait été signalé, le sifflet du contre-maître avait éveillé l'équipage et le cutter, couvert de toutes ses voiles, rejoignait promptement. Quand les deux bateaux furent à distance de porte-voix, un dialogue s'engagea.

— Messieurs Griffith et Manuel, je suis charmé de vous revoir. Mais, qu'est-ce donc, continua-t-il en apercevant Cécile et Catherine sur le pont du cutter, des femmes à bord. Une frégate du Congrès est-elle donc une salle de bal ?

— Oh ! murmura Boltrope à l'oreille du chapelain. Que vous avais-je dit, l'ami. La scène va devenir orageuse et le premier lieutenant va essuyer une bordée carabinée.

Griffith avait rougi en entendant l'observation du commandant ; mais, recouvrant promptement son sang-froid :

— C'est par ordre de M. Gray, monsieur, que nous amenons ces prisonniers.

— Alors, c'est différent ! observa le capitaine. Monsieur, faites courir la même bordée que nous. Je donne ordre de préparer l'échelle de commandement.

— Oh ! oh ! fit Boltrope, visiblement surpris. Que veut dire cela, chapelain ? Comment, c'est le pilote qui commande maintenant ! Ah ! elles vont nous en coûter de l'argent, ces belles dames. Laissez approcher et vous verrez. Toile par ci, pour leur faire des abris contre le soleil, voiles carguées pour leur éviter d'avoir leurs nerfs excités par l'ouragan... Sans compter le temps que l'on va perdre pour apprendre à avoir de belles manières......

Et, tout maugréant, le contre-maître se rendit à son poste pour diriger la manœuvre, ce qui évita au chapelain de lui répondre qu'il ne partageait point cette fois son avis, car la présence de ces dames lui semblait devoir être pour lui une compagnie assurée, qui le dédommagerait quelque peu de la société de ces marins grossiers, société à laquelle il était condamné depuis si longtemps.

Durant ce temps, les barques avaient été mises à la mer et l'on s'occupait du transbordement d'une partie de l'équipage, ce qui ne se fit point sans cris, ni tumulte, sans rires et sans exclamations joyeuses. Le pilote, des premiers, avait abordé la frégate et avait eu avec le capitaine Munson un bref entretien à la suite duquel ce dernier reçut avec la plus grande politesse le colonel Howard et ses deux pupilles quand, à leur tour, ils montèrent sur le pont.

Il leur céda complaisamment ses deux petites cabines, mit la grande à leur disposition et ordonna que l'on veillât avec soin à leur procurer tout ce qu'ils pourraient désirer.

CHAPITRE XIV

DANS LES EAUX D'UNE ESCADRE ENNEMIE

Pendant que les nouveaux arrivants racontaient à leurs camarades les multiples péripéties de l'expédition à laquelle ils venaient de participer, le capitaine Munson, Griffith et le pilote avaient, tous trois, une longue conférence. Ce dernier, d'un air inquiet, observait l'horizon avec son télescope.

Du côté de l'est, à une très grande distance, on découvrait une petite voile blanche dont les dimensions, augmentant graduellement, semblaient annoncer un bâtiment d'une certaine importance.

Rassemblés sur le gaillard d'arrière, les autres officiers du bord avaient tour à tour examiné cette voile mystérieuse et échangé leurs avis, tous différents, sur la mâture et la destination du bâtiment.

— Sans doute un bâtiment charbonnier, jeté en pleine mer par le récent ouragan et qui s'efforce de se rapprocher des côtes, opina Griffith. Si le vent reste au sud, nous pourrons lui donner la chasse et nous emparer de sa cargaison.

— Sa proue est tournée au nord et il suit le vent, dit le pilote. Si ce Dillon a réussi à donner l'alarme, nous pouvons être attaqués d'un moment à l'autre. Je voudrais pouvoir redescendre plus au sud.

— Mais, nous perdons alors cette marée qui porte au vent ! Pourquoi le cutter ne s'avancerait-il point en vigie ? Et s'il s'agit d'un navire ennemi, convient-il à une frégate américaine de paraître refuser le combat !

— Il convient de faire ce que la prudence et le devoir commandent parfois, monsieur, répondit le pilote avec hauteur. Si le service des Etats-Unis l'exigeait, cette fière frégate devrait se retirer devant le plus humble de ses ennemis.

— Mon avis, capitaine Munson, continua-t-il d'un ton plus calme, est que nous forcions de voiles et que nous montions au vent. Le cutter nous précédera en s'avançant davantage du côté de la terre. C'est l'avis que vient de suggérer monsieur Griffith, et c'est aussi le mien.

Ces mouvements furent promptement exécutés et l'*Alerte*, sous le commandement du plus jeune lieutenant, M. Somers, déployant toutes ses voiles, prit une rapide avance qui le fit s'enfoncer dans le brouillard qui couvrait l'Océan du côté sud et on le perdit bientôt de vue.

Pendant ce temps, déployant lentement ses voiles, la frégate s'avançait contre le vent, qui était presque sans force, et suivait de loin le cutter.

Les hommes qui se trouvaient actuellement de quart avaient suffi pour ce service, et l'on n'avait point jugé nécessaire d'éveiller le reste de l'équipage qui continuait à se reposer.

Accoudées sur les bastinguages, Cécile et Catherine se montraient de loin et désignaient par leurs noms, quelques éminences qu'elles croyaient reconnaître comme devant se trouver dans le voisinage de l'abbaye qu'elles venaient de quitter. Griffith, à quelques pas d'elles, s'amusait à écouter leurs réflexions, tandis que Barnstable, qui avait repris ses anciennes fonctions de second lieutenant, se promenait sur le gaillard d'arrière, le porte-voix sous le bras, attentif à diriger la course du vaisseau et maudissant le devoir qui l'empêchait d'aller s'entretenir avec miss Plowden.

Tout à coup, dans le brouillard, un coup de canon de petit calibre retentit.

— C'est le cutter, s'écria Griffith.

— M. Somers, cependant, a reçu ordre d'être prudent, fit le capitaine Munson. Pourquoi s'amuse-t-il donc à faire entendre ses canons ?

— Ce coup de canon n'est qu'un signal, capitaine Munson, observa à son tour le pilote. Ne voit-on rien dans les hunes, monsieur Barnstable... ?

Hélé par le lieutenant de quart, le matelot de hune de grand mât, répondit que le brouillard qui s'étendait au sud l'empêchait de voir quoique ce soit de ce côté, mais que la voile que l'on apercevait à l'est était un vaisseau ayant le vent largue.

— Gagnons toujours au sud, commanda le pilote soucieux, en hochant la tête.

Puis, il rejoignit le capitaine Munson, avec lequel il sembla délibérer. Un second coup de canon retentit. C'était, il n'était plus permis d'en douter, maintenant, un signal de l'*Alerte* pour attirer l'attention de la frégate.

— Il nous croit peut-être perdus dans le brouillard et il veut nous faire connaître sa position, dit Griffith.

— Voyez, s'écria Catherine, voyez Merry, voyez Barnstable, cette vapeur qui forme des guirlandes au-dessus de la ligne de brouillard. Ces pyramides qui semblent se perdre dans le ciel...

— C'est un bâtiment de haut bord, ayant toutes ses voiles déployées, s'exclama Barnstable. Il n'est guère qu'à un mille de nous et, grâce au vent qui lui est favorable, il gagne rapidement. Voilà donc ce qui a fait parler Somers.

— Oui, fit Griffith, et voici maintenant l'*Alerte* qui sort du brouillard en se dirigeant vers la terre.

— C'est un bâtiment de fort tonnage, fit le pilote qui regardait attentivement en cette direction... Messieurs, changeons de marche et prenons le vent.

— Quoi, s'écria Griffith, fuir sans savoir devant qui ? Il n'est pas un seul vaisseau anglais, monsieur, qui puisse faire peur à notre frégate.

— Monsieur Griffith, répondit le pilote en le regardant d'un œil sévère, ne voyez-vous donc point le pavillon qui flotte à son grand mât ? C'est celui d'un vice-amiral. Il n'est pas dans les habitudes de confier le commandement d'une seule unité de combat à un officier d'un grade aussi élevé. C'est une escadre entière que nous allons avoir sur nous.

— Faites battre l'appel, M. Griffith, commanda à son tour le capitaine Munson.

Le branle-bas de combat se fit entendre. Rapidement, les marins se précipitèrent, les hamacs furent pliés et ils montèrent sur le pont prendre place dans les filets du bastinguage, pour organiser la défense de la partie supérieure du vaisseau.

Griffith fit un signe rapide à Merry qui

s'approcha et lui dit quelques mots à l'oreille. Le jeune midshipman s'inclina et se rendit aussitôt auprès de ses deux cousines qu'il s'empressa de faire descendre à fond de cale, l'endroit du navire qui présentait le moins de danger.

Les canons furent mis en état. On abattit les cloisons et on débarrassa la cabine de son ameublement et le pont où était située la batterie présenta alors, une ligne ininterrompue de pièces formidables, arrangées de façon à engager le combat immédiatement.

Tandis que le bastingage s'encombre de sacs et de hamacs destinés à amortir la mitraille, les caisses d'armes sont ouvertes, les fanaux sourds éclairent de leurs lugubres rayons les soutes aux poudres. Sous la conduite des médecins et des commissaires aux vivres, d'autres marins se préparent à descendre pour approvisionner le tillac de poudre et de boulets et à recevoir les blessés. Le chirurgien découvre, affreux cauchemar du marin, les instruments d'acier poli. Les soutes se ferment. Les gardes-feux emplis de gargousses arrivent à leurs pièces. Les écouvillons et les refouloirs se rangent aux pieds des servants, les bailles de combat s'emplissent d'eau, les boute-feux fument. Enfin, toutes les chiques sont renouvelées. Chacun est à son poste de combat, prêt à faire son devoir, et un grand silence se fit, ce silence précurseur des grandes tempêtes et des grands événements.

Bientôt, le navire ennemi est en vue. Il grandit à vue d'œil et on peut, avec la lunette, l'évaluer.

— C'est un vaisseau à trois ponts, fit Barnstable. Oh ! Oh ! le drôle n'est pas un adversaire à dédaigner avec sa triple rangée de canons !

— Barre au vent ! s'écria le capitaine Munson. Tout le monde sur le pont. Déployez toutes les voiles ! Dépêchez-vous, monsieur Griffith, dépêchez-vous ! La barre au vent, toute, toute ! Bien. Ferme au gouvernail. Allons, vite !

Le vaisseau à trois ponts s'avançait rapidement et paraissait gagner du terrain.

— Une heure de bon vent et nous serons hors de portée opina Griffith.

— Ces vaisseaux de 90 ont la portée terriblement longue, dit le capitaine Munson, d'un ton assez bas pour n'être entendu que du pilote et du premier lieutenant, et il nous faudra sans doute échanger quelques coups de canon.

Le pilote suivait avec la plus grande attention tous les mouvements de l'ennemi. Il ne tarda pas à voir que celui-ci n'attendait que le moment propice pour lâcher sa bordée.

— Embardez, monsieur Griffith, embardez légèrement ! Nous sommes perdus s'il parvient à nous enfiler de long.

Griffith était trop bon marin pour ne pas remarquer la justesse absolue de cette observation. Aussi, s'y conforma-t-il immédiatement.

Pendant quelques minutes, les deux navires parurent se surveiller. De temps en temps, le navire anglais déviait légèrement de sa ligne, puis, quand il voyait son adversaire deviner ses intentions, il prenait une direction opposée.

Enfin, une manœuvre soudaine et décisive des ennemis laissa pressentir aux américains de quel côté on allait recevoir la bordée.

De son bras levé dans la direction qu'il voulait indiquer, le capitaine Munson commanda à Griffith la manœuvre qu'il fallait exécuter, et le lieutenant obéit aussitôt.

Simultanément, les deux navires virèrent au vent, la proue du côté du rivage et des flancs du trois ponts sortit tout un ouragan de mitraille, tandis qu'une détonation terrible faisait tout trembler à bord de la frégate.

— Au gouvernail ! Monsieur Griffith ! au gouvernail ! et reprenez votre...

Ce furent les derniers mots que prononça le capitaine Munson. Griffith, qui venait d'exécuter la première partie de l'ordre donné et qui s'étonnait de ne pas entendre son chef finir la phrase commencée, leva la tête et vit le capitaine tomber à la mer, agitant encore son chapeau de son bras droit, dans les convulsions de l'agonie.

— Ciel ! s'écria Griffith.

Mais, quand il accourut, les flots, teints de sang, se refermaient déjà sur le cadavre.

— Une barque à la mer, vite ! commanda-t-il.

— Inutile, monsieur Griffith, déclara le pilote d'une voix calme et ferme. Il est mort de la mort des braves et il a reçu la tombe des vrais marins : l'Océan. La frégate a repris le vent et l'ennemi reste en arrière, monsieur.

Ces mots rappelèrent le premier lieutenant à ses devoirs, et aussitôt, il prit le commandement de la frégate.

— Quelques cordages coupés, mais en somme, peu de mal, observa le contre-maître Boltrope. Mais qu'ai-je entendu dire, monsieur Griffith, le capitaine Munson vient d'être blessé... ?

— Il est mort, monsieur. Un boulet vient de l'emporter par dessus bord. Donnez les ordres nécessaires pour réparer les avaries !

Ce fut fait en un instant. En ce moment, Griffith sentit qu'on lui touchait légèrement le bras. Il se détourna. C'était le pilote.

— Le capitaine anglais nous croit sans doute gravement atteint par sa bordée et comme il tarde à redoubler, nous allons pouvoir gagner du terrain, grâce à notre supériorité de vitesse.

— Mais, il ne va pas tarder à se remettre en chasse et à nous lâcher encore quelques bordées. Il nous faudrait plus d'un quart d'heure pour nous mettre hors de portée, quand bien même il consentirait à rester sur ses ancres.

— Son projet est beaucoup plus simple et plus sûr. Le navire que nous avons à l'est est une frégate. Il doit encore y en avoir d'autres autour de nous. L'ennemi resserre sa ligne qu'il avait déployée pour nous surprendre.

Griffith observa ce qui se passait et vit que cette fois encore, le pilote avait raison. L'officier du vaisseau à trois ponts se contentait, pour le moment, de couper toute retraite du côté de la pleine mer.

Expliquons rapidement au lecteur, qui déjà, nous en sommes certains, l'a facilement compris, la situation dans laquelle étaient alors les combattants.

A l'ouest, se trouvait le rivage, le long duquel l'*Alerte* avançait rapidement. A l'est et à tribord, se tenait le navire signalé depuis longtemps et qui s'approchait de plus en plus. Enfin, vers le nord-ouest, s'avançait un autre vaisseau, peu perceptible encore, mais sur la tactique duquel on ne pouvait se méprendre. C'était un nouvel ennemi à combattre à bref délai.

— Nous sommes cernés de tous côtés, dit Griffith. Si nous laissions arriver près de terre et tentions de forcer la passe entre les côtes et le vaisseau amiral, au risque d'essuyer quelques bordées, nous pourrions gagner le large par un détour au sud.

— Oui, s'il consentait à vous laisser de la toile. Ne comptez point là-dessus, monsieur Griffith ; en dix minutes, il désemparerait la frégate et la raserait comme un chaland. Il nous faut gagner de vitesse sur ce trois ponts.

— Mais, les autres frégates, monsieur...

— Les autres frégates, nous les combattrons ! Jeune homme, j'ai vu des luttes plus disproportionnées, luttes dont les étoiles d'Amérique sont toujours sorties victorieuses.

— Le combat sera acharné, cette fois...

— Quant à cela, vous pouvez en être certain. Mais, vous ne me paraissez point homme à craindre les dangers...

— Laissez-moi révéler à l'équipage, monsieur, votre nom véritable. Il y réchauffera l'enthousiasme et nous donnera la victoire !

— Non, répondit le pilote. Je veux bien partager vos dangers, mais je veux que la gloire que vous recueillerez reste intacte. Je ne me nommerai qu'en cas d'abordage. Mon nom, alors sera mon cri de guerre : il mettrait en fuite l'ennemi.

— Qu'il soit fait comme vous le désirez, monsieur, prononça Griffith, en s'inclinant.

Durant quelques moments encore, ils s'entretinrent des manœuvres à exécuter, puis Griffith s'occupa de son navire. A ce moment, sur le tillac, il aperçut le colonel Howard, qui se promenait, l'air radieux.

— Monsieur, lui dit-il respectueusement, songez que cet endroit peut devenir dangereux et que vos pupilles auraient besoin...

— Le colonel Howard, monsieur, est trop vieux soldat pour craindre le danger et il est, de plus, trop fidèle serviteur de son roi, pour ne pas assister à ce spectacle, on ne peut plus agréable pour lui : voir que le symbole de la rébellion va s'apaiser devant le drapeau de notre roi légitime...

— Oh ! nous n'en sommes pas encore là, colonel Howard. Mais, si un pareil sort nous était réservé, nous forcerions vos mains à se charger de cette besogne honteuse...

— Soumettez-vous donc dès à présent, et j'intercéderai pour vous. Et vous, soldats de la rébellion, jetez ces armes devenues inutiles ! Implorez la clémence de votre légitime souverain !

Mais les marins qui s'étaient attroupés étaient devenus furieux en entendant ces paroles du colonel, et déjà ils le menaçaient, quand Griffith intervint, les calma de quelques paroles et les renvoya à leurs occupations.

— Monsieur, dit-il au colonel Howard, faites des vœux pour notre défaite, si cela vous convient, mais ne les faites point à haute voix, car je ne pourrais plus répondre de la colère de mes hommes. Et quant à moi, permettez-moi de vous l'affirmer, nous pouvons être vaincus, peut-être, mais nous n'amènerons jamais notre pavillon.

Le colonel haussa les épaules et continua sa promenade.

Une heure s'était écoulée depuis que le vaisseau de ligne avait tiré sa bordée et la frégate américaine avait déjà conquis sur lui une avance considérable. Mais, malgré cela, il ne continuait pas moins d'être un obstacle insurmontable à tout projet de retraite de son côté.

D'autre part, la frégate signalée la première continuait à s'approcher ; elle était d'une force inférieure à la frégate du Congrès, et on s'en serait vivement emparé, si on n'avait point eu le désagrément de deux autres vaisseaux ennemis qui s'avançaient sur le théâtre du combat. Au début de l'action, les américains se trouvaient à hauteur de l'abbaye ; maintenant, ils étaient arrivés à peu de distance de ces brisants dont il a été longuement question au commencement de ce récit. La petite frégate anglaise était si près, que le combat parut inévitable.

Griffith fit sonner le branle-bas, et, comme si il acceptait le cartel, le navire anglais fit carguer quelques-unes de ses voiles.

— Il faut l'écraser d'un coup, monsieur Griffith, dit le pilote. Attendons, pour faire feu, que ses vergues touchent les nôtres.

— Mais elle se prépare à nous envoyer sa bordée.

— Nous venons d'essuyer le feu d'un vaisseau de 90, ne pouvons-nous donc plus braver celui d'une frégate de trente-deux ?

— A vos pièces, les pointeurs ! commanda

Griffith à l'aide du porte-voix. Mais, attendez mes ordres pour tirer !

Il finissait à peine ces paroles, que la frégate ennemie faisait feu de toutes ses pièces. Quelques morts et blessés s'affaissèrent, mais, sans répondre, la frégate continuait sa marche rapide.

— Maintenant, dit le pilote à voix basse.

— Feu ! ordonna Griffith.

A bord du navire ennemi, la bordée produisit un effet foudroyant. Tandis que les américains rechargaient vivement leurs pièces, le capitaine anglais, tenta une manœuvre désespérée. Il fit jeter le grappin sur la frégate américaine et tenta l'abordage.

Avec un grand élan, les marins anglais sautèrent sur son gaillard d'avant, mais le capitaine Manuel qui avait rangé ses hommes sur deux rangs les arrêta par un feu de salve terrible.

— Liez leur mât de beaupré à notre mât d'artimon, s'écria Griffith, et balayons leur pont.

Vingt hommes, à la tête desquels se trouvaient Boltrope et le pilote, s'élancèrent.

— Le navire est à nous ! s'écria le contremaître.

La vue de ses compatriotes échauffa le sang du colonel Howard, qui, s'approchant des bordages, appelait à haute voix les anglais et les encourageait.

— Taisez-vous donc, vieux corbeau ! hurla Boltrope en le saisissant au collet. Descendez à fond de cale où je vous fais jeter à la mer.

Le colonel tentait en vain de lutter contre le poignet robuste de son adversaire.

Durant ce temps, les anglais repoussés se retiraient sur le gaillard d'avant de leur navire, démasquaient un canon chargé à mitraille et faisaient feu presqu'à bout portant. Le colonel et Boltrope qui se trouvaient devant la pièce et continuaient à lutter, tombèrent au même instant et restèrent étendus sur le tillac où nul, en cet instant de tumulte et de confusion, ne s'occupa d'eux.

A ce moment, une lame furieuse souleva la frégate américaine, brisant les attaches qui la retenait à son ennemie. Le mât de beaupré des anglais tomba à la mer et leur navire flotta désemparé, sans vergues et sans agrès.

— Voici la frégate de trente-deux réduite au silence, monsieur, dit Griffith au pilote, tandis que sa frégate victorieuse s'éloignait rapidement, mais en voici une autre qui semble être de notre force et qui paraît vouloir nous serrer de près. Le 90, de son côté, se rapproche également.

— Déployons nos voiles, monsieur Griffith et ne songeons point à aborder cette deuxième frégate. Des voiles et des boulets seulement.

— Mais l'ennemi cargue ses voiles, monsieur.

— Laissez-le faire. Quand il croira nous tenir, nous déploierons toutes les nôtres et nous gagnerons sur lui par surprise. Mais, pour cela, attendons qu'il soit dans nos eaux.

— Ce coup peut nous sauver, répondit Griffith. Allons, camarades ! cria-t-il, nettoyez le pont, les blessés à fond de cale et les morts à la mer !

Et il se multipliait, veillant à tout. A ce moment, il entendit la voix de Barnstable qui, sortant sa tête de l'écoutille, appelait Merry, et il surprit ce court dialogue.

— M. Griffith n'est-il point blessé ? On vient

de me parler d'un coup de mitraille qui aurait balayé notre pont et jeté bas plusieurs de nos hommes.

Avant que Merry ait eu le temps de lui répondre, Barnstable, dont les yeux parcouraient le tillac, aperçut Griffith.

— Vous n'êtes point blessé, Griffith ? tant mieux. Boltrope est en bas, grièvement atteint.

— Tout semble aller pour le mieux ! répondit jovialement Griffith. Et ces dames ?

Barnstable fit signe de la main qu'elles étaient en sûreté à fond de cale.

Il ajouta :

« Dans la soute même des cables ».

Un signe du pilote appelant Griffith empêcha les deux officiers de poursuivre leur conversation.

Comme on l'avait supposé, le navire qui s'approchait était une frégate de même force et comme équipage et comme artillerie. On se préparait asusi de son côté, et Griffith et le pilote comprirent que le moment était arrivé.

— Déployez les voiles, dit le pilote.

— Laissez tomber toutes les voiles ! Tous les bras à l'œuvre ! Toutes les voiles au vent ! cria Griffith à l'aide du porte-voix et d'une telle force que ces mots parvinrent jusqu'aux ennemis.

Cinquante marins se précipitèrent sur les vergues, et aussi rapidement qu'un oiseau étendant ses ailes, les voiles se déployèrent.

Comprenant qu'il avait été joué, le capitaine anglais, après un court moment de surprise, lâcha sa bordée et quarante-cinq pièces tonnèrent à la fois.

La bordée passa en sifflant, mais sans causer de dégats importants, les mâts n'ayant pas été touchés. Seuls, quelques marins, grièvement blessés, dégringolèrent de vergues en vergues, tentant, mais vainement, de se raccrocher aux cordages, pareils à des oiseaux tombant à travers le feuillage, et ils disparurent, engloutis dans les flots.

Mais, imitant aussitôt la manœuvre de son adversaire, le capitaine anglais cria ses ordres et ses mâts et ses vergues furent, à leur tour, couvertes de marins déployant les voiles.

— Feu de mitraille ! Feu partout ! Nettoyer ses vergues et ses agrès !

Et la mitraille fit son œuvre, mais les marins anglais, au prix de pertes terribles, n'en continuèrent pas moins courageusement leurs manœuvres et leurs voiles furent, également, déployées toutes grandes.

Les deux vaisseaux voguaient alors sur deux lignes parrallèles, échangeant des bordées rapides, sans qu'aucun avantage marqué parut se dessiner en faveur de l'un où l'autre parti.

Griffith et le pilote se regardèrent avec inquiétude. Leur plan n'avait pas eu le succès sur lequel ils comptaient et le feu de l'ennemi ayant réduit à l'inaction quelques-unes de leurs voiles, ils sentaient que la marche de la frégate se ralentissait.

— Ils nous tiennent tête, dit Griffith, et voici le 90 qui avance. Il ne va pas tarder à nous atteindre.

Le pilote hocha la tête d'un air pensif, mais ne répondit pas.

— Des brisants ! s'écria tout-à-coup Merry, accourant du gaillard d'avant. Le courant nous entraîne, monsieur Griffith. A deux cents mètres de notre proue, la mer est entièrement couverte d'écume.

S'élançant sur un canon, le pilote, d'un regard perçant, scruta l'horizon, cherchant une issue pour y lancer la frégate.

— Nous sommes sur le Devil's Grip ! Babord ! la barre ! Passez-moi le porte-voix, monsieur Griffith ! Babord, la barre vous dis-je ! Feu, feu de toutes pièces sur l'ennemi.

La voix du pilote tonnait, dominant le fracas de la canonnade, et son regard, brillant d'audace et de résolution, témoignait d'une telle assurance, que, malgré l'effroyable danger de la situation, Griffith reprit entièrement confiance.

Il sentait la frégate en bonnes mains. Personne, du reste, à bord de la frégate ne s'était aperçu du changement de commandement. Tous avaient plus d'occupations qu'ils n'en désiraient. Les uns aux canons, les autres aux agrès, et le pilote dirigeait d'une main ferme et robuste la frégate qui se frayait un passage dans un de ces canaux étroits et dangereux qui séparaient les écueils.

Pendant dix minutes, il fit virer la frégate

ainsi qu'une toupie, comme on a vu s'exprimer jadis, le pauvre Tom Coffin, et les vieux matelots regardaient avec étonnement, l'écume dont la mer était couverte autour d'eux, tandis que le bruit des vagues, furieuses des obstacles que leur opposaient les rochers cachés sous les eaux, succédait à cette voix du canon trop faible pour rivaliser avec lui.

— Ce qui devait être notre perte devient notre salut, dit le pilote rendant à Griffith l'insigne du commandement. Le reste n'est plus que jeu d'enfant. Gouvernez est-quart-nord-est et tenez cette montagne couverte de bois ouverte d'un quart avec la tour de l'église qui en est la base. Encore une heure de navigation entre ces écueils où l'ennemi n'osera nous suivre, et nous serons en pleine mer avec cinq lieues d'avance sur l'ennemi obligé de doubler ce promontoire de brisants.

Et, sautant à bas de ce canon qui lui avait servi de glorieux banc de quart, il redevint l'homme froid, calme et réservé qu'il s'était toujours montré jusqu'alors.

Sitôt qu'ils se virent hors de danger, les officiers de la frégate se réunirent sur le tillac pour voir ce que devenait l'ennemi. Le vaisseau-amiral, continuant à avancer, s'était approché de la frégate de trente-deux qui, complètement désemparée, était devenue le jouet des vagues.

L'autre frégate que l'on venait de combattre, avait ses voiles déchirées et une partie de ses vergues brisées. Elle cotoyait lentement le bord des brisants, menaçant à chaque instant de s'y échouer.

Les matelots saluèrent ce spectacle en poussant des cris de joie et de triomphe.

Bientôt, Griffith ordonna de tout mettre en ordre à bord du navire. Les tambours battirent la retraite, les canons furent amarrés, les nouveaux blessés descendus à fond de cale, et tous les hommes restés valides s'occupèrent rapidement à réparer les avaries survenues au cours de ce triple combat.

A la sortie des écueils, tout était remis en ordre à bord de la frégate, et on était prêt à combattre de nouveau, au besoin, si l'ennemi se présentait. En ce moment, le chapelain du navire fit prier Griffith de descendre sans délai dans la cabine.

Confiant à Barnstable le commandement, Griffith déféra aussitôt à l'invitation qu'on venait de lui faire encore une fois avec insistance

---

CHAPITRE XV

LA MORT DU COLONEL HOWARD

Griffith, en traversant le pont de sa frégate, vit, avec satisfaction, que ses ordres avaient été, en grande partie, exécutés.

On avait lavé partout et soigneusement à grande eaux, et toute trace de sang avait disparue.

Mais, l'œil attentif et exercé du nouveau commandant, constatait encore, avec tristesse, les nombreuses avaries dont les boulets ennemis avaient marqué leur passage.

Des morceaux de bordages avaient été enlevés de place en place, et sur le tronc des mâts, dans les cloisons, s'apercevaient, çà et là, de larges et profondes échancrures.

A la porte de la cabine, il se croisa avec le chirurgien en chef qui s'effaça pour le laisser passer, tout en lui faisant de la tête un geste significatif, indiquant que la situation du blessé qu'il venait de visiter, lui paraissait absolument désespérée.

Pendant toute la durée du combat, Griffith, malgré toutes ses préoccupations, n'avait cessé de songer à la terreur et aux inquiétudes que devaient ressentir les deux cousines, dans l'abandon où il avait été forcé de les laisser, et sitôt que le danger avait disparu, ses premières paroles avaient été de donner les ordres nécessaires pour que tout fut remis immédiatement en place dans la cabine qu'elles occupaient primitivement, cabine qui avait été démontée dans les préparatifs ordonnés pour mettre la batterie en état de soutenir le combat.

Aussi, ne fut-il point étonné de voir toutes choses remises en place, mais le spectacle qui s'offrit tout-à-coup à sa vue, le surprit étrangement, car rien, jusqu'à présent, n'avait pu le lui laisser prévoir.

Entre deux gros canons qu'on n'avait pas eu encore le temps de retirer et qui donnaient un aspect des plus étranges à cet appartement dont le mobilier, sans être luxueux, était cependant des plus confortables, le colonel Howard, à demi couché sur un sopha, paraissait à toute extrémité.

Agenouillée près de lui, ses beaux cheveux tombant sur ses épaules, dans un désordre indiquant qu'elle était tout entière à sa douleur, Cécile pleurait.

A côté d'elle, à demi-penchée sur le corps de son tuteur, Catherine mêlait ses larmes à celles de son amie.

Dans le fond de la cabine, quelques domestiques des deux sexes formaient un groupe muet et saisissant, et sur leurs physionomies attendries se dessinait nettement l'impression déjà témoignée par le chirurgien, que tout espoir était perdu et que leur maître arrivait rapidement à ses derniers moments.

Sur un autre sopha, en face de celui occupé par le colonel, Boltrope était étendu, sa tête sur les genoux de l'officier-comptable du bord, sa main dans celle du chapelain.

Barnstable, on se le rappelle, avait, au cours du combat, appris à Griffith la blessure du contre-maître, mais le commandant ignorait complètement l'état du colonel. Après s'être remis de l'émotion bien compréhensible qu'il ressentit, il s'approcha de lui, lui exprimant ses regrets et son chagrin avec un accent sincère.

— Laissons tout cela, Edouard Griffith, répondit le colonel avec une douceur qui n'était pas dans ses habitudes. Tout ce qui vient de se passer me laissait supposer que Dieu lui-même est avec vous. Mais, ce n'est pas à une faible intelligence humaine qu'il peut être permis de comprendre et de scruter les voies de la Providence. Je vous ai demandé, Edouard, pour une affaire que je dois terminer promptement avant de mourir, afin que plus tard on ne puisse accuser Georges Howard de n'avoir point pensé à ses devoirs, même à ses derniers instants. Vous voyez cette jeune fille en larmes, Edouard.

Dites, l'aimez-vous d'un amour sincère et durable ?

— En douteriez-vous encore, colonel Howard !...

— Serez-vous son soutien ? Remplacerez-vous, près d'elle, son vieil oncle ? L'entourerez-vous toujours de soins, d'amour et d'affection... ?

Griffith, pour unique réponse, saisit une des mains du colonel qu'il pressa affectueusement.

— J'ai confiance en vous, Edouard, continua le colonel Howard, et je compte sur cette promesse faite à un mourant. Malgré vos idées différentes des miennes et de celles de votre père, ce digne Hugues Griffith, vous êtes un homme d'honneur et un vaillant soldat.

J'avais eu cette faiblesse de songer un moment à l'union de Cécile et de Dillon, mais, avec la mort de ce dernier, j'ai appris sa félonie. Vivrait-il encore, que je me croirais entièrement dégagé de la parole que je lui avais donnée.

Un mot encore, Griffith ? Connaissez-vous bien ce jeune officier, M. Barnstable.

— Nous naviguons ensemble depuis des années, colonel, et je puis répondre de lui comme de moi-même.

— Puis-je lui confier Catherine. En est-il digne ?

— Barnstable est un homme d'honneur. Depuis longtemps, il aime miss Plowden, et je crois qu'une femme sera heureuse avec lui.

— Priez-le de venir, dit le colonel en se laissant retomber sur le sopha.

Barnstable prévenu accourut. A son aspect, le vieillard fit encore un mouvement pour se relever.

— Monsieur, lui dit-il, je sais quelles sont vos intentions au sujet de ma pupille, miss Plowden. Que vos vœux, à tous deux, soient satisfaits. Que ce digne ministre vous unisse tant que j'ai la force encore de vous bénir.

A ces mots, Cécile et Catherine éclatèrent en sanglots.

— Oh ! pas en ce moment, mon oncle. Ne songeons qu'à vous, à vous seul...

— Mes chères filles, continua le colonel d'un ton grave et solennel, quelques minutes encore et je sens que je vais me trouver en face de vos parents, en ce monde inconnu où ils m'ont précédé. Je crois avoir toujours rempli convenablement mes devoirs envers vous, ma patrie, mon roi, mon Dieu, mais je ne serais pas mort en paix si je n'avais pu vous laisser à des époux qui soient dignes de vous.

Puisqu'il plait au seigneur de me rappeler à lui, que votre tuteur, celui qui vous servait de père va bientôt vous manquer, il faut que sa place auprès de vous soit occupée par ceux-là même que la Providence semble avoir appelé et choisi en ces tristes moments. »

La voix du colonel s'était affaiblie. On sentait que sa dernière heure approchait.

Alors, Cécile et Catherine n'hésitèrent plus. La première offrit sa main à Griffith, la seconde à Barnstable, le chapelain lut les prières du mariage et toutes deux prononcèrent leurs vœux solennels avec plus d'émotion encore qu'elles ne l'auraient fait en toute autre circonstance.

Quand la bénédiction nuptiale eut été prononcée, Cécile et Catherine retournèrent près du colonel qui avait suivi toute cette cérémonie avec la plus grande attention malgré son état qui empirait rapidement.

— Merci, mes enfants, de m'avoir donné encore cette suprême joie. Mon banquier à Londres, messieurs, vous donnera toutes les pièces relatives à la fortune de mes pupilles. Il vous remettra aussi mon testament, Edouard, et tous, vous reconnaîtrez que j'ai été un administrateur probe et fidèle des biens qui m'étaient confiés.

— Oh ! ne parlez point de cela ! s'écria Catherine en sanglotant. Parlez de vous, mon oncle, de vous, rien que de vous.

— Mon dernier désir serait d'être enseveli comme mes pères, dans le sein de la terre.

— Ce souhait sera exaucé, monsieur, déclara gravement Griffith. Je m'en porte garant.

— Je vous remercie, mon fils, car j'ai le droit, maintenant, de vous donner ce titre, à vous, qui êtes devenu l'époux de Cécile. J'ai, dans mon testament, donné la liberté à tous mes esclaves. Vous y trouverez, aussi, Edouard, un legs que je vous prie d'adresser au Roi, un legs bien modeste, mais qu'il daignera, je l'espère, accepter.

Il réfléchit quelques instants encore, puis d'une voix s'affaiblissant de plus en plus :

— Embrassez-moi toutes deux, mes chères enfants. Votre main, Edouard. Approchez-vous encore, car mes yeux commencent à s'obscurcir. Aimez-vous tous tendrement. Je vous bénis. J'ai pu me tromper peut-être dans la conduite que j'ai cru devoir tenir envers votre patrie, envers mon ancien pays. Mais, j'étais bien vieux pour changer. J'aimais cette religion et cette politique qui furent celles de mon enfance. Adieu... Soyez bé...

Il rendit le dernier soupir et ses traits conservèrent, dans leur immobilité, le masque grave et digne, bienveillant et accueillant, qu'on avait coutume d'y voir.

Son corps fut transporté dans la grande chambre, et Griffith et Barnstable conduisirent dans l'arrière-cabine leurs nouvelles épouses qui se laissèrent tomber sur un sopha et se jetèrent dans les bras l'une de l'autre en sanglottant.

Quand les deux officiers revinrent dans la cabine, ils s'empressèrent auprès du vieux contre-maître.

— Je vous savais blessé, camarade, dit Griffith en lui pressant la main, mais je pensais qu'il ne devait s'agir que d'une blessure légère, et j'ose encore espérer que nous aurons la joie de vous voir bientôt sur pied et reprendre votre service.

— Oh ! cette fois, c'est fini, bien fini, allez, monsieur Griffith. La soute est atteinte et ma dernière croisière est proche de sa fin...

— Non, Boltrope, non, un vieux brave comme vous en a vu bien d'autres. Nous vous guérirons, vous verrez...

— Autrefois, les œuvres mortes avaient seules été atteintes ; mais, aujourd'hui, le coup a porté dans les œuvres vives et la cargaison est fichue. Le chirurgien, au reste, l'a bien pensé, puisqu'il m'a remis aux mains de mon respectable ami le chapelain. Ah ! tout le monde ne peut avoir la chance du capitaine Munson que la mort a frappé d'un seul coup, à son banc de quart !...

Monsieur Griffith, reprit-il au bout de quelques instants, j'ai, moi aussi, un service à vous demander.

— Parlez, Boltrope, parlez.

— J'ai encore une vieille mère, capitaine. Mon père, lui, a péri en mer, lors du naufrage de la *Suzanne et Dorothée*. Vous devez vous en souvenir, vous, monsieur Barnstable, bien qu'à ce moment-là, vous fussiez encore bien jeune. Ma pauvre mère n'avait plus que moi, et cela va être un rude coup pour elle, à son âge ! Eh bien ! capitaine, vérifiez mon compte, voyez ce qui reste à mon actif et ayez l'obligeance de le lui envoyer. Cela adoucira ses vieux jours et la protégera de la misère. Elle a quatre-vingts ans, capitaine. Faites-lui remettre tout cela. Elle est à l'ancre, 10, Cornhille Boston, dans une petite baie, à l'abri des orages et des coups de vent, dans une latitude tempérée, dans un refuge que j'avais su découvrir pour elle...

— Ce sera fait, Boltrope, répondit Barnstable, ce sera fait dès notre retour à Boston, et comme le reliquat de votre compte ne doit pas être bien gros, je partagerai ma bourse avec elle, camarade.

— Oh ! je sais que je puis avoir confiance en vous, monsieur Barnstable, mais, hélas, vous êtes comme moi, vous ne disposez point d'une grande fortune, surtout maintenant que vous allez naviguer de conserve avec ce gentil et coquet bâtiment que vous avez amarré à l'abbaye et qu'il vous faudra affréter.

— Mais, ne suis-je donc point là aussi, Boltrope, dit Griffith. Je suis riche, vous le savez. Votre mère ne manquera de rien. Soyez tranquille.

— Alors, je puis mourir en paix, murmura Boltrope. Veillez bien sur la frégate, capitaine, car, elle aussi, voyez-vous, je l'aimais bien. Si, par hasard, au temps de mon long service, j'ai pu faire quelque chose qui vous ait chagriné, pardonnez-le moi, ce ne fut jamais intentionnellement. Mais, je sens que je vais mettre à la voile pour le grand voyage. Dieu vous protège tous et vous accorde le bonheur dont vous êtes di...

La langue, à ce moment, lui refusa tout service, mais un air de satisfaction suprême se répandit sur son visage, puis, se laissant aller en arrière, il rendit le dernier soupir.

Griffith ordonna de descendre le corps dans les soutes et profondément ému de tout ce qui venait de se passer, il remonta sur le pont.

L'*Alacrity* que son faible tirant d'eau avait permis de suivre facilement la frégate dans sa traversée des brisants, s'approchait alors. Il donna à son commandant les ordres nécessaires pour les manœuvres de la nuit.

Au loin, séparés des américains par une large barrière d'écueils et de brisants, s'apercevait l'escadre ennemie. Mais, les manœuvres auxquelles l'ennemi devait se livrer, le long détour qu'il était obligé de faire, rendait sa présence dénuée de tout danger.

L'*Alacrity* et le frégate déployèrent alors leurs voiles et cinglèrent vers les côtes de Hollande. Grâce au vent qui était favorable, les côtes d'Angleterre disparurent bientôt à l'horizon.

Pendant toute la nuit, Cécile et Catherine ne purent s'endormir. Tout au malheur qui venait de les frapper, elles savaient encore que d'après les projets que Griffith leur avait expliqué, projets rendus nécessaires par les ordres dont il était chargé, elles devaient, elles aussi, se séparer le lendemain.

Dès le point du jour, le sifflet du contremaître appela les hommes pour rendre aux morts les derniers devoirs. Avec tout le cérémonial d'usage, les corps de Boltrope, de deux officiers subalternes et de quelques marins qui avaient succombé à leurs blessures durant la nuit, furent immergés.

Puis, étendant de nouveau ses voiles, la frégate s'éloigna.

Vers midi, les deux navires mirent encore en panne. Une barque se détacha de l'*Alacrity* pour transporter à son bord le corps du colonel Howard, Cécile, Griffith et le pilote.

On se fit les derniers adieux, puis l'heure vint de se séparer, et Barnstable, prenant le commandement de la frégate, se dirigea vers l'Amérique, se frayant hardiment un passage par le détroit de Douvres et de Calais, à travers les navires anglais qui couvraient la Manche de leurs pavillons.

Pendant ce temps, l'*Alacrity*, se dirigeant rapidement vers l'ouest, atteignait les côtes de la Hollande et où, vers le soir, elle jetait l'ancre à quelque distance des côtes.

Griffith et le pilote qui se tenaient, depuis quelques instants, dans la cabine, montèrent sur le pont.

— C'est ici que nous devons nous séparer, monsieur, dit le pilote.

Ah ! continua-t-il, en étendant, d'une geste de mépris, son bras dans la direction de la terre, si j'avais à mes ordres la moitié seulement de la marine de cette république dégénérée, il faudrait qu'elle compte avec moi cette nation orgueilleuse qui se croit invincible dans son île... !

Saluant Griffith qui s'inclinait avec respect il descendit dans une barque que l'on venait de mettre à la mer, saisit le gouvernail, puis. faisant encore un geste d'adieu, donna l'ordre du départ à ses rameurs. Sur ses traits calmes et réguliers se distinguait, comme un sourire amer, le regret de n'avoir pu mener à bien, le projet qu'il avait conçu.

Immobile sur le tillac de la frégate, le jeune commandant regardait, pensif, s'éloigner cet homme étrange dont seul il connaissait le véritable nom, ce marin audacieux dont, plus que personne, il avait été à même de constater la science profonde et la grande hauteur de vues.

Puis, il commanda de disposer les voiles pour entrer dans un port ami, et tandis que l'équipage se disposait à exécuter ses ordres, on vint lui annoncer le retour de la barque qui venait d'amener le pilote à terre.

— Enfin, dit-il avec soupir de soulagement, le voici donc, cette fois, définitivement en sûreté.

CHAPITRE XVI

OU L'ON APPREND AU LECTEUR CE QUE DEVINRENT LES PRINCIPAUX PERSONNAGES DE CETTE HISTOIRE

Sous l'habile direction de Barnstable, la frégate parvint à traverser sans encombre les routes maritimes, en se frayant bravement un passage au milieu des croiseurs ennemis et atterrit à Boston. Pour récompenser ses services, on donna à Barnstable le grade de capitaine, et il conserva avec ce titre le commandement de ce navire auquel l'attachaient tant de souvenirs agréables ou cruels.

Pendant tout le restant de cette guerre, qui fut glorieuse et pénible, il continua à se distinguer et, quand la paix eut définitivement assuré l'indépendance de son pays, il retourna avec Catherine, habiter la maison de son père qui mourut bientôt, le laissant à la tête d'une fortune assez considérable. Puis, lors de la réorganisation de la marine, il reprit de nouveau du service et, pendant plusieurs années, aida puissamment à la formation de cette marine de guerre qui devint bientôt si puissante et si disciplinée. Catherine, qui n'avait pas d'enfant, l'accompagnait en ses voyages et souvent ils s'entretenaient ensemble de cette croisière sur les côtes d'Angleterre qui avait été si fertile en événements de toutes sortes.

Merry continua quelque temps de servir sous les ordres de Barnstable, et ne tarda pas à devenir lieutenant. Il promettait de devenir un officier des plus distingués et eut fourni sans doute une brillante carrière, mais, il fut tué dans un duel malheureux, qu'il eut avec un officier étranger.

Manuel, sitôt débarqué en Amérique, demanda et obtint de rentrer dans l'armée de terre. Il partagea les succès des armes américaines et, quand à la fin de la guerre, les Anglais abandonnèrent la ligne des postes le long de la frontière, il fut placé avec sa compagnie dans un petit fort situé sur la frontière nord, non loin d'un grand fleuve qui séparait le territoire des Etats-Unis des possessions britanniques. De l'autre côté du fleuve, dans un autre fort également, se trouvait un détachement Anglais, sous les ordres d'un officier.

Manuel, qui n'était pas homme à négliger les règles de l'étiquette militaire, ayant appris que cet officier, dont il ignorait le nom, avait le grade de major et se trouvait, par conséquent, son supérieur, ne manqua pas d'aller lui rendre visite. Sa surprise ne fut pas minime quand il se trouva en face d'un homme à figure comique et joyeuse qui n'était autre que le capitaine Borroughcliffe, son ancienne connaissance de l'abbaye de Sainte-Ruth. Mais, le major Borroughcliffe portait, à ce moment, une jambe de bois.

Les deux officiers furent tellement charmés de se rencontrer que, dans une île située au milieu du fleuve, ils firent élever une sorte de maisonnette en planche, sorte de territoire neutre, dans laquelle ils passaient ensemble de longues heures, en s'y conviant réciproquement à de quotidiennes et joyeuses orgies. Ils commandaient de tous côtés et se faisaient envoyer gibier et venaison, vins d'oporto et d'alicante, sans oublier cette précieuse liqueur de madère pour laquelle ils semblaient, l'un autant que l'autre, posséder une prédilection marquée.

Souvent, également, les autres officiers des deux garnisons se réunissaient, et quand parfois la conversation s'égarait sur les circonstances de guerre qui avait coûté au major la perte de sa jambe, les officiers anglais expliquaient à leurs collègues américains que l'accident était survenu dans un combat opiniâtre, soutenu autrefois sur les côtes sud-ouest d'Angleterre, combat dans lequel le major Borroughcliffe, alors capitaine, s'était signalé de telle sorte, que le roi, pour l'en récompenser, l'avait promu à un grade supérieur.

En écoutant ce récit, les deux vieux camarades se regardaient d'une façon expressive, Borroughcliffe, indiquant du geste sa jambe droite, Manuel, se frottant le haut de la tête, et tous deux souriaient à cette pensée qu'eux seuls savaient pertinemment comment la chose s'était passée.

Plusieurs années s'écoulèrent ainsi sans que rien ne vint troubler la parfaite harmonie qui existait entre les deux officiers, contrairement à ce qui se passait dans les autres stations militaires des deux pays, où ce n'étaient, sans cesse, qu'actes de mésintelligence, de violence parfois.

La mort accidentelle du capitaine Manuel, termina d'une façon subite cette touchante camaraderie. Son respect outrancier des règles de la tactique militaire ne l'avait jamais abandonné. Chaque fois qu'il se rendait sur le territoire neutre de la petite île, il se faisait accompagner d'un détachement de soldats en armes, plaçait un petit poste et le faisait couvrir par des sentinelles avancées, auxquelles il donnait une consigne sévère et formelle. Il avait souvent conseillé à son ami d'adopter semblable tactique, excellente, disait-il, pour entretenir la discipline dans l'esprit du soldat et pour éviter toute surprise. Le major qui connaissait sur ce point les lubies de son ami, tout en négligeant d'observer pour sa part ces prescriptions, avait feint, cependant, d'approuver cette mesure et il ne manquait jamais de féliciter Manuel sur la bonne observance de ces prescriptions.

— A la bonne heure, camarade, lui disait-il souvent, c'est l'A. B. C. du métier militaire, cela. Rappelez-vous pourtant qu'un jour cette règle vous fut fatale et que c'est la sentinelle que vous aviez placé devant les armes qui me fit découvrir jadis votre retraite dans les ruines de Sainte-Ruth et qui amena votre captivité. Ce dont je ne me plains nullement, puisque c'est à elle également que je suis redevable de votre [illegible].

La sentinelle, fut, cette fois encore, nuisible au capitaine Manuel, et voici à quelle occasion.

Un soir que les libations du madère de la Caroline avaient été plus copieuses qu'à l'ordinaire, quand le capitaine Manuel quitta Borroughcliffe pour retourner à son fort, il se trouvait dans un tel état d'ébriété qu'il en oublia le mot d'ordre. Ses soldats étaient arrivés, par ses soins, à un tel esclavage des règles de la consigne, que voyant que l'on ne répondait [illegible] son troisième « qui vive ? » la sentinelle épaula, fit feu et blessa grièvement son chef.

Borroughcliffe accourut en entendant la détonation. Il releva et soutint son ami qui mourut dans ses bras non sans avoir récompensé son soldat auquel il conféra le grade de caporal et avoir vanté au capitaine anglais le haut degré de perfection militaire qu'il avait su inculquer à ses hommes.

Borroughcliffe fut terriblement affecté de la mort de son camarade. Depuis plusieurs mois, tous deux attendaient impatiemment un baril qu'ils avaient fait venir de Madère même, et voici que quelques jours après la mort de Manuel le capitaine anglais était informé que le précieux colis, après être arrivé dans un port de la Nouvelle-Orléans, remontait l'Ohio pour atteindre bientôt sa destination. Il demanda un congé pour aller au-devant de son madère et, soit surmenage, soit surexcitation trop vive, causée par le chagrin, quand il arriva au fort avec son baril, il fut atteint d'un accès de fièvre chaude qui le força à se mettre au lit. Le docteur du détachement tenta vainement de le sauver. Quand il lui ordonnait la sobriété, l'autre répondait par des libations de plus en plus copieuses de ce bon vin qu'il avait été chercher si loin. Résultat : la fièvre empira et emporta notre capitaine Borroughcliffe au bout de quelques jours.

Selon ses désirs on l'enterra côte à côte avec son ami, dans l'île qui avait été témoin de leurs plaisirs.

Le chapelain renonça à la mer et continua d'exercer son ministère dans une petite localité de Boston.

Griffith et sa femme, après avoir fait enterrer le corps du colonel Howard dans une des principales villes de Hollande, firent un court voyage à Paris. Cécile en profita pour entrer en correspondance avec miss Dunscombe et terminer les affaires que son oncle avait laissé.

Griffith obtint ensuite un commandement et continua à servir sa patrie avec distinction jusqu'à la fin de la guerre. La paix signée, il quitta le métier militaire et se consacra tout entier à sa famille, car Cécile l'avait rendu père de plusieurs enfants.

Les biens du colonel Howard, qui avaient été confisqués par le Congrès, lui furent rendus, car le colonel n'avait jamais porté les armes contre sa patrie, et ils devinrent maîtres d'une fortune considérable qui les aida à améliorer le sort de la mère de Boltrope à laquelle, jusqu'à la fin de ses jours, ils assurèrent une existence douce, heureuse et tranquille.

CHAPITRE XII

ÉPILOGUE

Douze ans s'étaient passés depuis ces événements, quand un soir Griffith, qui était occupé à parcourir une liasse de journaux qu'il venait de recevoir, les laissa tomber sur sa table et, appuyant sa tête entre ses deux mains, il se mit à réfléchir comme un homme frappé tout-à-coup de quelque forte et douloureuse impression.

— Qu'avez-vous donc, mon ami, lui demanda Cécile. Venez-vous d'apprendre quelque nouvelle désagréable...

— Vous rappelez-vous, Cécile, lui répondit son mari, l'homme qui nous accompagna, Manuel et moi, chez votre oncle à l'abbaye de Sainte-Ruth, qui fut fait prisonnier avec nous et qui nous délivra ?

— Sans doute. C'était le pilote de votre vaisseau. Il en avait, au moins, toutes les apparences, bien que le capitaine Borroughcliffe ait souvent dit à mon oncle que cet homme paraissait bien supérieur à sa profession.

— Borroughcliffe ne se trompait point. Ah ! c'était un marin renommé, un homme vaillant et courageux dont la vie fut remplie d'exploits de toutes sortes...

— Mais, pourquoi m'en parlez-vous, Griffith. Auriez-vous appris par ces journaux quelque nouvelle le concernant. Ce sont des journaux anglais, à ce que je vois. Que disent-ils donc de lui. C'était bien M. Gray, n'est-ce pas que vous l'appeliez.

— Oui, il se faisait appeler ainsi, mais il avait un autre nom, célèbre et redouté. Mais, je lui ai juré le silence. Et maintenant qu'il est mort, nul ne peut me dégager de ce serment.

— Il devait connaître miss Dunscombe, dit Cécile, en réfléchissant. Il eut avec elle un long entretien cette nuit, où, avec Catherine nous pénétrâmes en votre chambre pour tenter de vous sauver. Je m'en souviens parfaitement aujourd'hui. Alix insista près de nous pour lui parler seule et en secret et, quand elle sortit, elle était toute émue. Ma cousine me dit, tout bas, qu'ils se connaissaient depuis longtemps. Et tenez, j'y songe, mon ami, la lettre que je reçus hier de miss Dunscombe n'était-elle pas cachetée de cire noire. Et son contenu lui-même était mélancolique et triste ; il semblait avoir été écrit par quelqu'un qui se trouvait sous le coup d'une émotion pénible.

— Je crois que vous êtes dans le vrai, Cécile. Cet homme devait être du pays, ou tout au moins y avoir habité longtemps dans sa jeunesse. Sa connaissance parfaite de la côte et des environs de l'abbaye le prouve, de même que le plan qu'il avait alors conçu et que nous contribuâmes à faire échouer... Ah ! c'était un homme doué pour les aventures extraordinaires et terribles...

— Mais, pourquoi n'est-il pas venu en Amérique. N'était-il point dévoué à la cause de la République ?

— Si, Cécile. Mais ce dévouement qui ne s'est jamais trahi, pourtant, n'était fait que d'ambition. Cet homme se croyait appelé à jouer un trop grand rôle et les circonstances ne l'ont pas servi comme il s'y attendait.

Ses exploits furent dignes, cependant, d'exciter l'admiration et il ne méritait pas les reproches dont ses ennemis ont voulu l'accabler. Le voilà mort maintenant. Il avait été adopté comme citoyen par notre pays, et s'il avait vécu dans un autre temps et dans d'autres circonstances, nul doute qu'il ne fut devenu un grand homme...

— Mais, qui donc était-il ? interrogea Cécile.

— Un homme, je vous l'ai dit, Cécile, à qui

j'avais promis le secret pendant sa vie, à qui je dois le garder après la mort.

Rappelons-nous qu'il a été le principal instrument de notre bonheur et que nous lui devons notre amour et notre félicité !

Et jamais, depuis lors, ils ne reparlèrent du pilote.

FIN

TABLE DES MATIÈRES

Grande Imprimerie de Troyes, 126, rue Thiers